ISBN: 9798583471522
Imprint: Independently published

Cover design by: Mynderd Vosloo
Library of Congress Control Number: 2018675309
Printed in the United States of America

Opgedra aan Ma, Parvis, Marté en Gogo Shaw.

Hartlike dank aan my broer, Braam van Greunen, vir die motivering om te skryf en die hulp met die redigering van die boekie. Dankie ook aan die paar gewillige lesers wat my met raad en daad bygestaan het; ek wens ek kon hier meer name as net die van Annette du Plessis en Louis van Wyk noem. Ek het groot waardering vir Mynderd Vosloo wat die pragtige voorbladillustrasie gedoen het. Ten besluite, 'n woord van waardering aan my familie, vriende, kennisse en kollegas oor die jare. Julle het my gehelp om eerder die lewe se lag, as sy huil, te onthou.

Die opbrengs van die boek sal geskenk word aan die Association Parvis Hanson, met die doelstelling om kinders van ontwikkellende lande, met spesifieke verwysing na Suid-Afrika en Indië, te help met toegang tot onderrig en lewensmiddelle. In die woorde van Paul Shane Spear "[A]s one person I cannot change the world, but I can change the world of one person."

Die Afrikaans in die boekie is verouderd en voldoen beslis nie aan die standaarde van wat my idee van Afrikaanse literêre werke is nie. Dit was 'n eerste poging. Die stories is kort, bondig en geweldig uiteenlopend. Dit is beswaarlik meer as loslyf-stompstert-storietjies, wat gerus hier en daar met 'n knippie sout geneem kan word. Opbouende kritiek is egter baie welkom op die boodskapper van die Facebook groep "STOMPSTERTSTAALTJIES."

CONTENTS

KAKA SE GEHEIM

Mooi is nie alles nie. Maar vertel dit nou vir 'n jong seun. Vertel dit selfs vir sy pa of sy oupa. Kyk hulle eers vas in die lang blonde hare, en die slanke bene, en die jongmeisie boopsies wat hulle tog so reguit in die oë staar, dan is dit asof wat binne die blonde koppie aangaan skielik heeltemal irrelevant raak. Trouens, veral waar ons nou van die pa of selfs die stuitige oupa praat, het ek al die tendensie waargeneem dat *"mooi"* en *"slim"* skielik sinonieme geword het. O ja, hulle sal aan haar lippe hang en wat ookal uit daardie montjie pruil sal vir die waarheid oorvertel word – *"sý sê dit"* en *"sý sê dat."* Bid jou dit nou aan.

So onthou ek vanaf skoolkoshuisjare my eerste ontmoeting met presies dit waarvan ek nou praat. Die meisietjie was seker so 14 jaar oud met 'n lyfie van 16 plus, en al effe ouer as van haar klasgenote. Maar as dit haar gepla het, het sy dit baie goed weggesteek. Sy was die middelpunt van haar eie wêreldjie, en sommer ook van dié van 'n hele string bronstige skoolseuns. Sy het nie geloop nie, dit was asof sy soort van aangesweef gekom het, veral as die teenoorgestelde geslag op haar gewag het, òf as sy iets wou hé. Dan, soos sy arriveer, word die hare oor die skouer reggeskud; die koppie word gedraai; die mondjie begin pruil; en die ogies fladder.

Maar toe tref 'n ramp haar – haar gesig slaan uit in puisies en niks, maar niks, wou teen die aknee help nie. Totaal radeloos met haar toestant, let sy toe op dat my kamermaat inderdaad daarin geslaag het om van haar eie puisieplaag ontslae te raak. My kamermaat se naam was vir een of ander rede verkort na Kaka toe. En die ander juffrou, kom ek noem haar maar "Lyfie" vir die huidige doeleindes, sou nooit, maar nooit, onder normale omstandighede met Kaka kom praatjies maak het nie.

Arme Kaka, sy was nie heel voor in die ry toe mooi uitgedeel was nie, maar sy het vonkelende blou oë, 'n goeie hart en 'n heerlike sin vir humor gehad.

So kom Lyfie tot ons groot verbasing een mooi dag in ons kamer ingesweef en verneem na ons welstand, met spesifieke klem op Kaka se welstand. Toe ons oë mekaar vang toe weet ek sommer - hier gaan sports kom!

"Jinne Kaka" sê Lyfie, *"hoe op aarde het jy jou vel so mooi gekry?"* Kaka rol haar oë en sug. Stilte.

En Lyfie gaan aan, *"ek sal wat wil gee om my vel so mooi soos joune te kry, wat gebruik jy?"* Stilte. Lyfie probeer weer en weer.

"Ek kan jou nie sê nie," sê Kaka uiteindelik, *"dis 'n geheim."*

So speel Kaka haar tot sy wanhopig pleit *"ek sal enigiets doen vir die wenresep!"*

Net toe sy wou moed verloor sê Kaka *"nou môre oggend, presies om ses, kry ek jou by die wasbakkie net langs die toilet en bring jou waslap saam"* en sy wys sommer met so 'n slap arm in die rigting van die toilet langs die trappe af met die gang.

Lyfie het skaars by die deur uitgesweef toe weet ons hier kom 'n ding, want ons weet presies wat Kaka elke oggend om ses by daai toilet gaan doen. Haar oë vonkel en ek weet sommer wat in haar kop aangaan.

"Jy gaan dit sekerlik nie doen nie..." probeer ek.

"Maar ek gaan, dit is presies wat ek gaan doen," antwoord sy.

Toe ons die volgende oggend op die kop sesuur in gelid opdaag, Kaka voor en ek warm op haar hakke, toe wag Lyfie reeds met haar waslap in die hand.

"Gee" sê Kaka en vat die waslap uit Lyfie se hand en gaan piepie

hom sopnat.

"Dit moet die eerste piepie van die oggend wees, met vars minerale," sê Kaka.

En sonder om op enige stadium onraad te vermoed oor wie se minerale op wie se gesig moet kom, staan Lyfie soos 'n winkelpop en knyp haar oë styftoe toe Kaka die nat waslap oor haar gesig slinger.

"Vee nou af," sê Kaka liefies, *"en as jy ernstig oor 'n mooi vel is, dan sien ek jou weer hier môre oggend om ses."*

ARIE SE BRIEF

Darem snaaks hoe sekere dinge in mens se kop bly vassteek, en dan is dit of iets skielik daardie liasseerlaaitjie in jou kop ooptrek en gou die herinnering uithaal, vinnig afstof, en dan word hy weer teruggepak. Dit was juis "Kaka se geheim" wat my aan Arie se brief herinner het.

Daar is darem ook alle soorte in 'n skoolkoshuis. Die een waar ek was het kinders van Graad 1, van ouds, regdeur tot by Matriek verwelkom. Omdat ek altyd daar was, oor naweke ook, moes ek maar help kleintjies grootmaak en met raad en daad instaan waar nodig. Kom dit natuurlik by liefdesverhale, dan was ek ook altyd eerste om van al die geheime te weet.

So gebeur dit dan ook dat een van die jonger meisies, kom ons noem haar maar Bets, een middag in trane by my kom aanklop het. Sy was verlief op Arie, 'n seun in my klas, en iets het klaarblyklik vreeslik skeef geloop. So tussen 'n emosionele skoppelmaai van trane en woede kry ek toe darem die nodige feite uit haar uit en daar en dan word besluit dat die enigste uitweg sou wees dat sy vir Arie 'n brief moes skryf.

Ek was in 'n dubbelkamer wat vier beddens kon vat, twee aan elke kant van 'n kas in die middel. Dit was ook nie lank nie, toe kom die twee vanaf die anderkant ook tonge klik en klak oor die ding wat met Bets gebeur het.

"*Ja*" sê Bets, nou goed opgesweep deur die ander twee se entoesiasme, "*so gaan hy darem nie met my mors nie,*" en daar trek sy om gou 'n skryfblok te loop haal.

"Nou maar skryf dan" sê ek toe sy terug is en na my sit en staar. *"Maar wat moet ek skryf?"* kom die antwoord. En dis die kant toe en daai kant toe en ek sê, *"maar ons het mos klaar gepraat. Ek kan mos darem nie jou brief vir jou skryf nie."*

"Maar niemand sal mos ooit weet nie" sê die klomp in 'n koor. *"Buitendien"* sê Ertjies *"wat in dié kamer gebeur, bly in dié kamer."*

"Nou maar goed" sê ek, *"ek sal dikteer dan skryf jy."*

Ek trek toe weg en kort-kort kom 'n *"wag nou,"* en nog een en nog een. So sou ons nie klaarkry nie. Die brief wemel van deurhalings en korreksies en Bets was toe reeds baie na aan trane.

"Nou maar goed, ek sal skryf en dan skryf jy dit oor in jou handskrif, ok?" is toe my kompromie om haar uit die kamer te kry. In 'n japtrap is sy toe daar weg, skryf die brief gou netjies oor en daar hol die boodskapper met haar brief, reguit Arie toe.

Die volgende oggend by die klas gekom groet en klets almal terwyl ons vir Meneer wag om van die teekamer af te kom. Op die gesellige trant gewaar ek vir Arie uit die hoek van my oog. O jinne, onthou ek skielik van die brief, en net vir die wis en die onwis draai ek my so effe weg om oogkontak te vermy.

Dit was presies toe Meneer aangestap kom en ek draai om te gaan sit, dat Arie reg voor my kom staan met 'n groot glimlag op sy gesig.

"Môre Louise." *"Môre Arie."* Stilte.

"Ek wou jou darem net persoonlik kom bedank" sê hy.

"Maar vir wat dan Arie …" probeer ek.

"Maar vir jou brief, natuurlik!"

DIE ROMP VAN BO

As mens lag wanneer jy nie mag lag nie het daardie lag mos nie brieke nie. Gebeur dit in die kerk, dan is daar net een oplossing: jy moet uit, so vinnig as moontlik, en verkieslik sonder enige gepaardgaande skandes.

Dit was presies wat tydens een universiteitsvakansie met my gebeur het. Ek moes saam kerk toe en daar gekom land ons toe in die ry agter die swierigste egpaar in die gemeente. My oog het hulle reeds gevang toe hulle met 'n spoggerige Jaguar aangery gekom het. Nadat hulle parkeer het, het die oom omgestap en ewe galant die deur vir die tante oopgemaak.

Daardie tante het behoorlik gelyk asof sy uit 'n modeboek gestap het! Sy het gepronk in 'n pastelkleurige Chanel snyerspakkie met bypassende oorgetrekte skoene en 'n ontwerpershandsak. Die uitrusting was afgerond met glansende pêrels om die hals en in die ore. Op haar kop was die elegantste hoed denkbaar, met ragfyn syblommetjies.

In die kerk het ek my juis aan die hoed gesit en verkyk toe ek begin opmerk dat die tante dit haar besigheid gemaak het om allereers gou self vas te stel wie almal die oggend se erediens kom bywoon het. Het hulle voorkoms haar nie geval nie, dan het sy met 'n suur trek op haar gesig 'n lang gluur in hulle rigting gegee voordat haar oë verder beweeg het. Hier en daar het sy 'n linkerhand gelig en dan, soos die Britse koningin, 'n handbeweging gemaak asof sy 'n gloeilampie vasgedraai het.

So het ons letterlik in tandem deur die rye gekyk en ek was so gefokus op haar gesigsuitdrukkings dat ek my amper boeglam geskrik het toe sy met die opstaanslag om te sing omgeswaai het om gou die rye agter haar te fynkam.

Ek was nog aan die blaai om die lied op te soek toe ek opgemerk het hoe die tante by die oom inhak sodat hulle altwee uit die boekie wat die oom vir hulle vasgehou het kon sing. Sy het liefies na hom opgekyk en uit volle bors begin sing. Wat sy skynbaar nie besef het nie, was dat haar romp op daardie oomblik, in 'n oogwink, grond toe gegly het.

Ek kon bykans nie glo wat daar reg voor my plaasgevind het nie. Die oom ook nie. Hy het trouens die romp gevoel toe dit op hulle voete geland het en afgekyk. Verstaan my nou mooi, dit was nie die afval van die romp wat my lag aan die gang gesit het nie, maar die manier waarop die swierige tante geweier het om dit te glo. Dit het min of meer soos volg gebeur.

Die tante het nog uit volle bors gesing toe die oom haar liggies met sy linkerelmboog druk en met sy kop en oë, wenkbroue gelig, in die rigting van die grond wys. Die tante kyk op na sy gesig, glimlag, en sing hartlik verder. Teen daardie tyd raak die oom uiters ongemaklik en met ronde oë druk hy sy elmboog baie dringend in haar ribbes in en sy kop bons rigting grond, rigting haar gesig, rigting grond.

Uiteindelik kyk die tante af en sien die romp op haar voete lê. Ek was skoon verlig vir haar part. Maar nie sy nie. Inteendeel, met die afkyk kom daardie suur trek oor haar gesig en sy gee so 'n ekstra gluur in die rigting van die romp op die grond. Skoon ver-erg buig sy effens vorentoe, kyk weer af en ja, daar lê beslis 'n ding op haar voete.

Toe, met 'n verontwaardigde trek op haar gesig kyk sy eers op na die oom en toe verby sy gesig in die rigting van die dak. Waar ek dit verloor het, was toe sy na die plafon begin staar en haar oë gly van hoek tot kant asof sy die gat soek waardeur die ding wat op haar voete lê sou geval het.

Dis was my ma se elmboog in mý ribbes wat my na die werklikheid teruggeruk het, maar dit was reeds te laat. Oppad uit die kerk uit, met bolwange soos ek my lag probeer inhou, met die tante in my geestesoog wat dak toe staar, maal dit namens haar deur my kop:

"Vader, wie se romp lê dan nou hier op mý voete?"

MRS. WHEELDON

Soms kruis mense paaie vir allerhande, soms onverklaarbare, redes. Maar of jy nou wil of nie, dit vorm alles deel van jou herrinneringsraamwerk. En so, baie jare gelede, ontmoet ek vir Mrs. Wheeldon en ek huur 'n kamertjie in haar huis vir my finale jaar op Universiteit.

Mrs. Wheeldon, met haar silverwit hare en altyd, maar altyd, bloedrooi lippe en bloedrooi naels, was 'n deftige Engelse dame, toe reeds 86 jaar oud. Sy en Fritzie, haar bejaarde worshond, het in haar huis binne etlike meters van die hoofhek van die Universiteit gewoon. Flora, haar getroue huishulp, het elke dag ingekom en verdermeer het sy die ekstra kamers uitverhuur. Ek dink nie dit was vir ekstra inkomste nie, as mens maar net so rondgekyk het was dit duidelik dat geld nie daar 'n probleem was nie. Buitendien, al waarop sy geld uitgegee het was op haar Gold Dollar siggaretjies.

Mrs. Wheeldon was skynbaar 'n uiters begaafde pianis op haar dag en sy het, behoorlik agter slot en grendel, die allermooiste ingevoerde meubels, breekgoed en ornamente gehad. Om nie eers te praat van haar versameling Royal Albert breekgoed en Sheffield silverware waarmee sy 'n tafel vir ten minste 12 mense kon dek nie. Dan kom die handgesnyde kristalglase vir elke moontlike drankie, en so kan ek aangaan.

Ek het nooit haar juwele gesien nie, maar ek neem aan sy het dit by die stringe gehad, want sy was skynbaar die enigste kind van skatryk ouers en so delikaat was sy, dat haar ouers haar belet het om self deur baringsnood te gaan. Dit het sy my self vertel.

Na die afsterwe van haar man was dit toe net sy en Fritzie op die gesig van hierdie aarde en gedurende die tyd wat ek daar gewoon het, was daar nie 'n enkele familielid wat ooit na haar welstand kom verneem het nie.

Maar natuurlik, toe sy twee weke voor my finalejaarseindeksamen oorlede is, kom daar mense van heinde en verre deur die hekke ingery. Dit was presies waar ek my voet neergesit het; ek het hulle almal weggestuur met net die boedelberedderaar se adres in hulle hande. Dit was vir my wat die hospitaal in haar ure van nood laat roep het gedurende universiteitsvakansies, en dit was my hand wat sy wou vashou toe die doodsengel aan haar deur kom klop het.

Ek was verheug dat sy haar boedel vir liefdadigheid geskenk het. Maar ek was ewe dankbaar dat ek die geleentheid gehad het om haar ou 1964-Angliatjie (wat ek Vaaltyn gedoop het) volgens ons ooreenkoms uit haar boedel kon koop toe ek met genade my finale jaar suksesvol afgê het.

Daardie finale jaar was 'n baie uitdagende jaar. Ek was op Justisie se betaalrol en moes vakansies werk, en ek het net geweet dat ek moes slaag; druip was nie 'n opsie nie, ek kon dit blooteenvoudig nie bekostig nie. Dit het broekskeur gegaan en soms weet ek nie hoe ek liggaan en siel bymekaar gehou het nie.

Mrs. Wheeldon het duidelik heelwat meer raakgesien as waarvoor ons haar aldag krediet gegee het. En as ek so ongeduldig geraak het as dinge begin skeefloop het, dan het sy my vinnig tot halt geroep in haar bewende rokersstemmetjie:

"LUUise, LUUise, patience is a virtue, possess it if you can."

En wanneer ek totaal oormoeg en moedeloos was, en Mrs. Wheeldon gesien het dat ek nou regtig 'n hupstootjie nodig gehad het, dan het sy haar artritisgebuigde wysvinger met die rooi nael al bewende in my rigting gewys en die woorde geuiter wat my vir die res van my lewe bygebly het:

"my dear LUUise, what you input, you outget [stiltetjie en dan weer, met klem op elke woord] *what you input, you outget."*

BINNE REDELIKE PERKE

Dis soos gister dat die hele land verstom gestaan het oor die vloede in Laingsburg. Kon dit waar wees? En dit in die Karoo, van alle plekke op aarde! Sowat van oorstromings, skade en verliese kon mens jouself bykans nie voorstel nie.

Ongelukkig, soos die hooftrekke stiller oor die vloede in Laingsburg begin raak het, so het die kommer gegroei oor die droogte in die Natal omgewing. Die mense het nie meer herwaarts of derwaarts geweet nie, die Midmardam was totaal opgedroog met viskarkasse wat soos droë bokkoms rondgelê het. Die oeste was daarmee heen en die diere het begin vrek – dit was 'n geweldige droogte. Selfs die huishoudings het slegs enkele liters water per dag gehad. Daar was nie 'n ander uitweg nie, daar moes baie dringend vir reën gebid word en so was daar toe 'n "Biddag vir Reën" by die moedergemeente gereël.

Daar gekom, vertel die vriend wat die storie met my gedeel het, was daar nie 'n sitplek oop in daardie kerkgebou nie. Álmal was daar en álmal was reg om baie ernstig saam te staan in gebed; dit was die laaste uitweg.

Die Dominee het ook nie op hom laat wag nie. Sy besielende boodskap was een van geloof en hoop en vasstaan op beloftes. Die gemeente het met aandag geluister en toe dit by bidtyd kom, het hulle in ootmoediging op hulle knieë gegaan. Die een na die ander het hulle versugtinge vir reën aan die Here blootgelê en in diepe erkentlikheid het van hulle Hom reeds in volle vertroue geloof vir die wonder waarvoor hulle Hom in die geloof vasgehou het.

Dít was toe ook die agtergrond waarteen die een Oompie die gebedsvloer gevat het. Hy het 'n lekker Kaapse brei gehad as dit by sy er'e gekom het en die erns van die gebed het hom nie toegelaat om elke nou en dan gou eers behoorlik te sluk nie. Die gevolg was dat van die naaste reeds die eerste vlaag spoei van sy kant af ervaar het.

So bid hy toe uit volle bors en, ten besluite, nederig soos 'n kind, som hy sy geloofsverwagting op. Maar dit was juis tóé, so tussen die biddery deur, dat die skokkende beelde van die vloede in Laingsburg voor sy geestesoog verby moes geflits het, want om darem net hééltemal seker te maak dat dinge binne redelike perke bly, eindig hy toe só:

"… Herrre, ons het die rrreën só norrrig, maarrr die Herrre moet tog assebliéf onthou, 'n mofskaap is darrrem nie 'n geelbekvis nie. Amen."

POSITIEF

Ek was nog vroeg in die twintigs toe ek 'n klein woonstelletjie aangeskaf het. Die gebou het drie vloere gehad, met vyf woonstelle per vloer. Ek was op die grondvlak in nommer twee. Langs my, in nommer een, was 'n jongman wat nuwe betekenis aan die spreekwoord, *"die gees is gewillig, maar die vlees is swak,"* gegee het.

Die kêrel se groot ambisie was om 'n pastoor of prediker te wees, en hy het nie geskroom om wie ookal te probeer bekeer nie. Die teenstrydige harde werklikheid, egter, was dat hy baie sterk drange van 'n sekere soort gehad het. Ons het toe maar almal 'n dowe oor gedraai vir die gebrul uit nommer een wat van tyd tot tyd die stilte in die omgewing versteur het.

"Geen plesier sonder pyn nie," sê die mense mos, en so het nommer een tussen sonde en diepe berou geskoppelmaai, die een met soveel hartstog en passie as die ander. Toe, uit die bloute, raak die gebrul nie net gereeld nie, maar ook voorspelbaar.

"Hy brul nou elke aand" sê die vroutjie bo my toe ons op 'n dag toevallig saam by ons motors aankom het. Ja-nee, daar was beslis iets aan die gang en so vertel sy toe dat 'n vriendin in die gebou oorkant vir haar vertel het dat die poppie regs bo saans afglip na nommer een toe wat haar staan en inwag. Dit was ook nie lank daarna nie, toe ontmoet ek die regs bo blonde, fyn, studentjie. Ek het haar seker 'n handvol kere gesien toe sy op 'n dag by my kom aanklop het.

"Sy is doodsbleek en senuweeagtig" gaan dit deur my kop toe ek haar innooi, maar sy hou haarself in toom en vra baie beleefd of sy my foon kon gebruik. *"Maar natuurlik"* bied ek aan, en neem haar na

die foon toe.

Ek kon nie help om te hoor hoe sy met die dame by die laboratorium praat en verduidelik dat sy die oggend 'n bloedtoets gehad het en nou moes skakel vir die resultate nie.

Ek kon ook nie help om te hoor toe die dame aan die anderkant bulder nie: *"vir swangerskap?"* Stilte. *"Ja"* antwoord regs bo in 'n flou stemmetjie.

"Positief" bulder die dame. Stilte. *"Ek sê dis postief"* herhaal die dame. Stilte.

"Uh, jammer mevrou, maar mag ek dalk net vra wat dit beteken?"

"Maar positief is tog positief" kom die antwoord.

Toe, met 'n laaste sprankie hoop, probeer sy weer: *"ja, ek verstaan, baie dankie mevrou, maar ek wil net graag hééltemal seker maak as mevrou nie omgee nie. Kan mevrou net asseblief bevestig, is ek nou positief swanger, of positief nié swanger nie?"*

"WAT SAL DIE MENSE SÊ?"

Ja-nee, dit is darem so volkseie as wat mens maar kan kry. Hoeveel ingrypende besluite was nie al geneem as gevolg van *"wat sal die mense sê"* nie? Dit was presies wat na *"Positief"* gebeur het. Daar was net een uitweg: reguit kansel toe. Soos ek daar gesit en toekyk het, het dit deur my kop gegaan dat met die ronde magie, die twee soos 'n "of" gelyk het: sy die klein "o" en hy die lang "f."

Nie eers die kansel kon die hartseer situasie red toe brul eers bulder geword het nie en die ou babatjie was nog bitter pap toe mevrou nommer 1 sak en pak daar weg was.

Soos die stilte oor die volgende paar dae al hoe hoorbaarder geword het, wonder ek toe of nommer 1 die mas opkom. *"Shame"* dink ek, *"ek sal maar 'n piesangbroodjie bak, want daardie reuk was nog iets wat hy nie kon weerstaan nie."*

Die broodjie was net uit die oond toe sien ek uit die hoek van my oog die kop wat oor die kombuisgordyntjie loer. Die plan het gewerk en toe ek die deur oopmaak om hom in te nooi, sien ek 'n blouoog soos laas op skool.

"En die oog" vra ek, *"waar op aarde kry jy daardie 'shiner..'"*.

Daar, oor 'n koppie tee en 'n stukkie piesangbrood, hoor ek 'n regte stank-vir-dank verhaal van hoe hy 'n bejaarde tante oor die pad gehelp het en deur 'n knaap getakel was omdat hy die tante gehelp het. Die waarskynlikhede was beslis nie in sy weergawe se guns nie, maar ek het dit maar daar gelaat.

'n Paar weke later daag mevrou nommer 1 onverwags by my op. Nommer 1 wou skynbaar graag die baba sien en sy het haar vir 'n besoekie gebring. Terwyl hy met die baba kuier kom sy toe gou 'n teetjie by my drink.

"Hoe gaan dit met hom" vra sy en wys haar kop in nommer 1 se woonstelrigting. *"Heel goed"* sê ek. Nie lank nie, pols sy weer oor hoe dit met hom gaan, maar ek kom niks agter nie. Dit was eers toe sy *"het jy nie iets snaaks by hom opgemerk nie"* vra, dat ek uiteindelik van die blou oog onthou het.

"My jinne, ja, ek het skoon vergeet, hy het 'n 'shiner' gehad, maar anders as dit het ek niks snaaks gesien nie."

Dit was presies waarvoor sy gewag het. *"'n Shiner! Waar sou hy dit gekry het"* vra sy.

"Jong, hy het skynbaar 'n ou tante oor die pad gehelp en toe klits iemand hom …" maar voor my sin klaar was kon sy dit nie meer inhou nie: *"waaaat? Dis twak!!!"* Daar was nie 'n alternatief nie, sy moes toe met die sak patats vorendag kom.

Sy vertel hoe sy met sekerheid besef het dat sy in 'n spiraal was wat nie boontoe gedraai het nie. Saam sou hulle nie die paal gehaal het nie. So kon dit nie aangaan nie. In haar gemoed was die perd opgesaal en toe die volgende storm kom weet sy reeds wat om te doen.

Terwyl die kospotte gemoedelik op die stoof prut, smokkel sy haar goedjies uit en pak die karretjie. Hy het dit nie eers agtergekom nie. Die laaste wat uitgesmokkel was, was die baba. Toe alles gereed was skakel sy die stoof af en stap kamer toe. Om daardie hoofstuk af te sluit moes sy nog een ding doen voor sy pad vat.

In die kamer gekom stoot sy die deur effe toe en klim op die hoek van die bed naaste aan die deur wat sy pas liggies toegestoot het. Toe roep sy: *"kan jy my asseblief gou kom help, ek is in die kamer."* Dit was met sy intrapslag in die kamer dat haar klein vuisie sy teiken getref het. Sy het nie gewag nie; terwyl hy nog sterre gesien het brul die motor reeds om die hoek.

Na die konfessie het ek nooit weer vir mevrou nommer 1 gesien nie, maar die babatjie het gereeld kom ogies wys as dit nommer 1 se beurt was om haar vir 'n besoekie te ontvang.

En die moraal van hierdie storietjie - *"Wat sal die mense sê?"*

WIE is die mense? ONS is die mense!

"DEBBIE DOES DALLAS"

Ek het my loopbaan in die strafhowe begin. Dit was waar jy die lewe trompop in sy harde werklikheid leer ken het. Jy werk met mense se geld en hulle vryheid, en vat jy aan een van dié twee, dan vat jy waar dit seermaak.

Ons was slegs 'n handjievol vrouens wat gedurende die sewentigs regte bestudeer het, en 'n paar van ons moes maar by Justisie aanklop vir geleenthede in ons land se landdroskantore. Teen daardie agtergrond kry ek toe my eerste uitplasing na 'n taamlike besige landdroskantoor op die Oos-Rand waar ek as staatsaanklaer begin het. Dit was die jare toe die aanklaer nog *"meneer die aanklaer"* was, ongeag die feit dat die teendeel sonder enige inspeksie *in loco* vasstelbaar was. Die manlike personeel het natuurlik nie 'n enkele geleentheid laat verbygaan om munt te slaan uit 'n onervare aanklaertjie se verleentheid nie.

So was dit dan ook gladnie vir my 'n verrassing om te hoor dat dit nou juis ék moes wees wat moes regstaan vir die vlaag pornografie klagtes wat skielik gelê was nie. *"Debbie does Dallas"* was een van die gewraakte videos wat 'n hele paar vooraanstaande manne in die dorp op die polisie se rooi tapyt laat land het.

In pornografie klagtes, weens die "ontugtige" geaardheid van die oortredings, moes die aanklaer homself (ons was mos "meneer die aanklaer!") vergewis dat die pornografiese materiaal inderdaad "pornografie" in terme van die wet was. Met ander woorde, mens moes dit kyk en dan 'n verslag vir die Prokureur-Generaal

(PG) opstel met jou aanbevelings oor 'n moontlike vervolging. Die manne het dit natuurlik goed geweet. Hulle het ook geweet dat mens nie die hofperseel met bewysstukke kon verlaat nie. As sulks moes die videos dan in een van die vertrekke wat as 'n "TV-kamer" ingeruim was, bekyk word.

Dit was ook net toe die etenstyd aanbreek dat 'n bevel uitgeblaf word dat ek moet kom kyk, want daai verslag moet geskryf word. Die hele lot mans was met die trappe af om te gaan kyk en dit terwyl ek met my hande in my hare sit. Een ding was seker, as ek daar instap gaan hulle my siel uittrek. Voor ek nog herwaarts of derwaarts weet, kom die hofkonstabel en sê *"die fliek het klaar begin, hulle wag vir jou."*

Hoë hakke uitgeskop sluip ek op die punte van my tone met die trappe af na die sogenaamde TV-kamer toe. Daar gekom het ek deur die skrefie van die halfoop deur geloer en op daardie oomblik gryp die manlike akteur 'n blik *chantille* spuitroom en hy spuit dit tussen die ontklede oop bene van die vroulike akteur en toe begin die oplekproses.

Ek het genoeg gesien, baie dankie, en sonder dat iemand eers geweet het dat ek daar was, is ek terug kantoor toe om my verslag te begin skryf.

Ek was net sterk aan die skryf toe die kantoordeur oopgaan en daar staan die hele klomp.

"En waar was jy" word gevra.

"En hoe gaan jy vir die PG daardie verslag skryf as jy jou nie vergewis het dat die inhoud van die video inderdaad pornografie in terme van die wet was nie?"

"Ek was daar, en ek skryf reeds my verslag," sê ek baie selfvoldaan.

"Is dit so? Ons het jou dan nie gesien nie, so wat het jy nou eintlik gesien?"

Ek kyk die spul van links na regs en ek weet, vandag gaan hierdie storie nie klaarkry nie, ek beter maar die spreekwoordelike bul by die horings pak. Ek verduidelik toe hoe ek deur die skrefie geloer het, maar nodeloos om te sê, ek het nie verder gekom as *"en toe cream hy haar koekie"* nie …

PATER

Die Romeins-Hollandse reg het 'n paar handige stelreëls, en ten minste weet ons, onweerlegbaar, dat *"een moeder maakt geen bastaerd."* Kom dit dus by 'n betwiste vaderskap, dan draai dit om die bewyse oor wie die pa kan, of nie kan, wees nie. En nou praat ek van daardie jare voor DNA toetse, toe 'n mens 'byslaap' moes bewys deur die aanbieding van getuienis sodat die hof op 'n oorwig van waarskynlikhede daardie belangrike bevinding kon maak. Dit sou darem soveel makliker gewees het as iemand die kers vasgehou het!

So gebeur dit toe op 'n keer dat ek so 'n betwiste vaderskap ondersoek moes doen, en daar word die saak toegeken aan Oom Rassie.

Oom Rassie was 'n baie ervare, afgetrede, oud-streekhoflanddros wat dan en wan moes kom uithelp. Dit was heerlik om voor hom aan te kla, want hy het nie tyd gemors nie. Het dit byvoorbeeld by winkeldiefstal gekom, dan het Oom Rassie oor die bank gehang as kruisondervraging moes begin en dan kom die waarskuwing: *"meneer die aanklaer, jy het vyf minute."* Teen 11.00 uur was die hofrol afgehandel en Oom Rassie het sy ry gekry.

Een ding was seker, die vyfminute-reël sou beslis nie kon geld in die betwisde vaderskap ondersoek nie. Na 'n konsultasie met al die getuies van die applikant, vir wie ek opgetree het, het ek besef dat Oom Rassie hom beslis sou vererg lank voordat ek al die getuies geroep het. Die opponent se lys van getuies was selfs langer! Daar moes 'n plan gemaak word.

Dit was net soos ek by die hof wou instap dat my oog toe op 'n ouer dame met 'n baba in haar arms geval het.

"Wie se baba sou die wees" vra ek.

"Myne" sê die applikant.

Nou kyk, ons almal weet dat die kind nie een van die bewysstukke kon wees nie, maar daardie kind en die opponent het op 'n druppel water na mekaar gelyk. Teenstrydig met al die reëls kry ek toe die hofordonnans om 'n stoel nader te trek net langs die deur so skuins agter my en ek maak die ouma met die baba daar sit met die instruksie dat sy moes uit as die baba die geringste klankie maak. Almal was net mooi in plek toe neem Oom Rassie plaas op die bank.

"Wat op aarde het ons vandag, meneer die aanklaer," vra hy met sy oë gerig op 'n stampvol gallery.

"'n Betwiste vaderskap, edelagbare," en voordat ek nog verder kon gaan vra hy *"wie sit daar agter jou."*

"Dis die ouma met die baba in geskil, edelagbare," sê ek terwyl ek eenkant toe staan sodat hy beter kon sien.

"Laat ek daai kleintjie sien" gebied hy die ouma.

Ek het nie woorde om sy gesigsuitdrukking te beskryf toe sy oë van die baba na die opponent, weer terug baba toe, weer na die opponent toe gaan nie, maar soos die frons oor sy gesig trek, so stoot die rooi van onder sy boordjie af stelselmatig in sy gesig op.

"Jý!" bulder hy en hang sommer so oor die bank in die rigting van die opponent. *"Ontken jy dat daardie jóú kind is?"* met 'n arm en gepunte wysvinger wat swaai in die rigting van die ouma met die baba. *"Huh?,"* bulder hy, nou bloedrooi in die gesig.

"Uh .." begin die opponent en so graag as wat hy ookal sou wou, maar met die ou landdros kon hy nie waag om kat en muis speel nie, *"ek dink dit mag dalk wees"* prewel hy.

"Dalk?!" en Oom Rassie gluur in sy rigting, *"nou wat het dalk hiermee te doen? Jy kan mos met jou eie oë sien dat daardie kind 'n 'carbon*

copy' van jou is!"

Was dit *"jungle justice?"* Dalk, maar dit was *"justice"* - *in die beste belang van die kind.*

IRONIE

Tydens my eerste uitplasing as staatsaanklaer was die hofgebou direk langs die polisiestasie. Die parkering vir die hof- en stasie- personeel was tussen die twee geboue onder 'n paar koeltebome. Dit was so gerieflik dat niemand sou durf kla oor die voëls se blertse op die voertuie nie.

Tot my verbasing egter, kom ek een middag na werk by my ou grys 1964-Angliatjie aan en daar was hy so skoon dat ek bykans nie kon glo dit was my ou *"Vaaltyn,"* met sy *"Marie-biscuit"* wielet- jies, wat so gestaan en skitter het nie.

Die volgende oggend toe ek parkeer kom een van die prisoniere wat tydens die dag los werkies by die polisiestasie gedoen het na my toe aangestap. *"Dis ek, Patrick, wat M'am se kar gewas het"* kon- dig hy aan. *"Van nou af sal ek seker maak hy bly skoon. M'am kan maar die sleutels los dat ek hom kan skuif as die son draai."* Ek het nie twee maal gedink nie. Mens kry darem nie elke dag so 'n goeie voorstel nie.

Dit was seker so twee weke later, toe kom ek een middag by Vaaltyn en daar vind ek 'n briefie op die sitplek: *"seblief M'am, ek soek graag 1 x Albany 20 sigrets, 1 x 750 ml. Oros, en 1 x Lemon Creams."* Dit word toe die roetine: Vaaltyn bly silwerskoon en so twee maal per maand los hy vir my 'n kort lysie en die volgende dag vind hy die goedjies langs die sleutels op die sitplek.

Dit was met 'n seer hart dat ek 'n verplasing moes aanvaar en nadat ek almal gegroet het, het ek seker gemaak ek sien vir Patrick voordat hulle vir die nag teruggeneem word na die ge- vangenis toe. Hy was so 'n beleefde man, mens kon amper nie glo dat hy 'n prisonier was nie. Trouens, ek wonder toe skielik waarvoor hy dan 'n gevangenisstraf sou uitdien.

Daar gekom staan Patrick reeds en wag om my te groet. Vaaltyn was silverskoon en selfs die bande was ge-"*shoeshine*" en gewaks. Ek het hom hartlik bedank vir sy goeie diens en hy het my die beste vir die toekoms toegewens.

"Patrick, verskoon dat ek vra, maar waarom is jy in hegtenis" vra ek. Met 'n ondeunde glinster in sy oë en 'n verleë glimlag antwoord hy: *"vir motordiefstal, M'am."*

IN 'N MATE

Ek dink almal wat al in ons howe gewerk het, het hofstories. Ek weet nie of myne van nature onvergeetlik is nie, maar die een wat om die een of ander rede vandag in my kop vassteek, is die een oor Meneer van Rooyen. Hy was 'n kalant, skelm soos die houtjie van die galg, met 'n SAP69-kriminele rekord wat oor bladsye gestrek het. Op daardie stadium was hy in sy vroeë veertigs, maar hy was reeds 108 jaar kumulatiewe gevangenisstraf opgelê.

Meneer van Rooyen was nie net op die oog af sjarmant en wêreldwys nie, hy was 'n slim kêrel, en met sy jare ondervinding in die beskuldigde bank, het hy skynbaar die status van Regsadviseur in die gevangenis bekom en was hy alombekend as Adv. Van Rooyen. En glo my, as mens na sommige van die verwere van onverteenwoordigde beskuldiges geluister het, was dit duidelik dat Adv. Van Rooyen sy status waardig was.

Maar op 'n mooi dag sien òf skep Adv. Van Rooyen 'n ontsnappingsgeleentheid en voordat die gevangenisowerhede nog kon keer, slaan hy reeds voet in die wind. So gebeur dit dat hy doodluisters in 'n openbare park opdaag waar twee lede van die Mag toevallig tydens hulle etensuur op 'n bankie gesit het. Aldaar, reg voor hulle oë, helder oordag, oortuig Adv. Van Rooyen 'n verbyganger om vir hom te kniel en daar en dan word die destydse misdaad van sodomie gepleeg. Dit was hoe Adv. Van Rooyen vir sodomie in my hof se beskuldigdebank beland het. Ek kan nie onthou hoe met die ontsnapping gedeel was nie.

Adv. Van Rooyen se gesig het behoorlik gestraal toe sy oog op my geval het. Hy het duidelik jare meer ondervinding as ek gehad en hy was slaggereed om sy eie verdediging waar te neem.

Op my beurt het ek voor die verhoor met die twee getuies gekonsulteer en ek was van mening dat die ervare kaptein eerste moes getuig. Hy het egter daarop aangedring dat ek die jong leerlingkonstabeltjie 'n geleentheid moes gee, want dit sou sy eerste keer in die hof wees. Buitendien, aldus die kaptein, was die saak heeltemal te waterdig dat enigiets verkeerd kon loop.

"Famous last words," soos die Engelse sou sê, want daai leerlingkonstabeltjie het gesorg vir soveel teenstrydighede dat geen verdere getuienis dit ooit kon opklaar nie.

Na die pleit van onskuldig op die sodomieklag, het Adv. Van Rooyen allereers die Hof daaraan herrinner dat die bewyslas op die Staat was om sy skuld bo redelike twyfel te bewys, en daar en dan stuur hy toe 'n knipoog in my rigting. Ek roep toe maar die konstabeltjie en hy getuig soos 'n meester in ooreenstemming met sy getuieverklaring. Ek wou net begin ontspan toe die Hof vir Adv. Van Rooyen die geleentheid vir kruisondervraging gee.

Soos 'n ekspert vat Adv. Van Rooyen daardie konstabletjie se getuiens en in 'n japtrap weet konstabeltjie nie meer herwaarts of derwaarts nie. Toe hy goed deurmekaar was, en homself by wyse van herhaling weerspreek het vra Adv. Van Rooyen, *"so jy het my privaatdeel gesien, reg."* *"Ja"* bevestig die getuie. *"Nou maar beskryf dan my privaatdeel vir die Hof."*

Die volgende toneeltjie is in my geheue gegrafeer en was dit nie vir 'n baie ervare landdros nie, weet nugter alleen waar dié saak sou gedraai het nie.

"Edelagbare," begin die jong konstabeltjie, 'n lang en lenige jong man met lang arms en bene en groot hande, en hy lig sy lenige regterarm in 'n 90 grade hoek soos 'n kragspierbouer, trek sy spiere saam en bal sy groot hand in 'n stewige vuis. Met die linkerhand kap hy sy regterarm in die waai van sy elmboog en hy bekyk die lengte van sy voorarm vanaf die elmboog reg tot bo waar die

hand in 'n groot vuis bol. Met genoegdoening op sy gesig draai hy na die Hof en sê *"dis hoe hy lyk!"*

Hoogs gevlei deur die beskrywing, en nadat hy die konstabeltjie hartlik bedank het vir die kompliment, flits Adv. Van Rooyen 'n glimlag in my rigting voordat hy die Hof direk aanspreek.

"Edelagbare," sê hy, *"ek plaas die beskrywing van my privaatdeel in geskil en ek versoek die Hof om 'n inspeksie in loco te gelas en te gebied dat die aanklaer, in persoon, die nodige opmetings kom doen!"*

BIGAMIE

Ek het in al my jare in die hof net een persoon, 'n man, van bigamie aangekla. En dit was nou nie asof hy agter groener weivelde aan was nie, maar deur 'n sameloop van omstandighede het hy met Mevrou Nommer Twee getrou voordat hy wettiglik van Mevrou Nommer Een geskei was.

As huwelike nou byvoorbeeld soos handelsmerke vir 10 jaar, hernubaar, geregistreer was, sou die man waarskynlik nie van bigamie aangekla gewees het nie. Die huwelik sou blooteenvoudig verval het en geen haan sou waarskynlik weer daarna gekraai het nie. Maar nou weet ons almal dat dit gelukkig, of ongelukkig, hang af wie jy vra, nie so werk nie.

Bigamie was beslis nie 'n moeilike misdaad om te bewys nie. Ek het al die nodige sertifikate plus die twee knorrige anties in die hof gehad en alles was gereed vir die verhoor. Maar toe die beskuldigde en sy prokureur die oggend by die hof opdaag en hulle staar hulle vas teen die opgeblase gesigte van Mevrou Nommer Een en Mevrou Nommer Twee, beide slaggereed om wraak te neem, toe smeek hulle my om tog asseblief die getuies weg te stuur. Hulle belowe daar en dan 'n pleit van skuldig sonder om 'n enkele element van die misdaad te betwis. Ons kom toe ooreen om die saak direk na teetyd te plaas.

Nadat die prokureur homself aan die hof voorgestel het, het ons vinnig deur die formaliteite gerits. Die beskuldigde was skuldig bevind en die prokureur het die geleentheid gekry om die Hof op strafversagtiging toe te spreek.

"My kliënt ken 'bad luck' op die voornaam" begin hy en hy vertel die

Hof die hele storie. Toe sy kliënt Mevrou Nommer Een ontmoet het, het hy die Here gedank vir die liewe vrou. Hy was so gelukkig en niks, maar niks, kon hom voorberei op die loesing van sy lewe wat Mevrou Nommer Een hom op hulle wittebroodsnag gegee het nie. Nie oor iets wat hy verkeerd gedoen het nie, maar om hom te laat verstaan wie nou eintlik die broek in daardie huis sal dra. Van daar af het hy die dieper betekenis van *"hel op aarde"* leer ken. Sy het hom feitlik op 'n daaglikse basis gefoeter, hom opgesluit en vir dae sonder kos laat bly.

"Die ellende het my kliënt bloots gery, edelagbare," stu die prokureur voort, *"en hy het letterlik soos 'n dief in die nag ontsnap met net sy lewe en die klere aan sy lyf."*

Hy gaan toe aan en verduidelik dat sy kliënt in 'n gehawende fisiese en emosionele toestand so ver as moontlik gevlug het en in al die jare wat gevolg het, het hy nooit weer vir Mevrou Nommer Een gekontak of van haar gehoor nie. Hy was oortuig dat hy eers as vermis, en later as dood, verklaar was.

Dit was ook eers jare later dat hy die nimlike Mevrou Nommer Twee ontmoet het. Hy was so gelukkig. Maar die aand van die troue herhaal die geskiedenis homself, en dis waar hy homself trompop vasloop teen die enorme *Alter Ego* van die nimlike Mevrou Nommer Twee. Sy het hom pimpel en pers gefoeter, en vandaar af was dit net *déjà vu:* *"sy het hom geslaan, hom opgesluit, laat uithonger en toe hy dit nie meer kon vat nie was hy soos 'n dief in die nag daar weg met net sy lewe en die klere aan sy lyf."*

Dit was 'n passievolle betoog, en met hande uitgestrek na die Hof, en 'n pleitende stem gevul met medelye, sluit die prokureur toe sy strafversagtingsrede op hierdie noot af:

"your worship, I beg of this Court to show mercy, for as you can undoubtedly see, my poor client has already had his punishment. In fact, he has had D-o-u-b-l-e T-r-o-u-b-l-e!"

DIE UITKLOPHOU

As ek vandag van *"SA Perm"* of *"Die Perm,"* *"Allied,"* *"United"* en selfs *"NBS"* praat, gaan die jongklomp seker wonder of ons nou van permanente haargolwings, versekeringsskemas of van sportspanne praat. Maar ek is seker dat van my generasie se mense onmiddellik sal terugdink aan die bouverenigingklingels soos *"jou kinders se toekoms is so groot soos jou drome,"* *"borrow short and lend longer"* of, natuurlik, *"u grootste vriendelikste helpende hand in die land"* – met die gepaardgaande musieknote wat mens altyd en oral op al die plaaslike radiostasies gehoor het. Dan onthou mens die wit porselein spaarvark met die rooi United lint om sy ronde lyfie en die groot helpende hand, asook die oranje kleure van die Perm. Die klingels en deuntjies draai tot vandag toe in my kop rond.

So ontdek ek toe nou die dag my eie ou Perm spaarboekie van baie jare gelede en daar dink ek toe aan hierdie saak uit my aanklaersjare. Ons moes 'n bejaarde man aankla vir bedrog, alternatiewelik diefstal, weens beweerde bedrieglike finansiële gewin met die sluiting van sy United spaarrekening. Met sy aftrede het hy by United aangedoen om al sy geld te gaan haal sodat hy vir homself 'n *indlu* kon gaan bou in 'n kraal êrens in die groen heuwels van Natal waar hy as kind opgegroei het. Op die getuienis in die dossier het ek geweier om te vervolg, maar ek het ongelukkig nie die laaste sê gehad nie. Wat my betref het die beskuldigde geen opset òf wederregtelikheidsbewussyn gehad om òf te bedrieg, òf te steel, nie. Dit was met groot lekkerkry dat ek kan bevestig dat die beskuldigde inderdaad vrygespreek was.

Die feite was as volg: die beskuldigde het tydens sy arbeidersjare 'n rekening by die United Bouvereniging gaan oopmaak om sy maandelikse loon in te betaal. Hy was heeltemal ongeletterd en derhalwe het iemand van die bouvereniging altyd gehelp as hy elke maand met sy salariskoevertjie daar aangekom het om sy "*ponde*" in sy spaarrekening te deponeer. Die dame het dan die strokie ingevul, die geldjies gedeponeer en die boekie opgedateer. Teen die vyftiende van elke maand was hy dan weer daar om "*vyf pond*" te trek om hom deur te sien tot die einde van die maand. So het dit vir jare aangegaan.

Met sy aftrede is hy United toe om al sy "*ponde*" te gaan trek en sy rekening te sluit. Met 'n groot koevert vol van sy spaargeld is hy weg bergland toe. Alles het voor die wind gegaan, totdat hy tot sy uiterste skok, uit die bloute, sonder enige seremonie in 'n vangwa aangery was hof toe op 'n aanklag van bedrog. Die klaer, United Bouvereniging, het beweer dat hy willens en wetens bedrog gepleeg het deurdat hy homself verryk het ten koste van die Bouvereniging en/of 'n bestorwe boedel en dat hy beslis geweet het dat hy nie al die geld verdien het waarmee hy die dag daar weggestap het nadat sy rekening gesluit was nie. Wat hy beslis geweet het, reken die klaer, was dat daar elke maand 'n pensioenbetaling van die vorige rekeninghouer in daardie rekening inbetaal was. Hy het dit bedrieglik verswyg, tot sy voordeel, United en die vorige rekeninghouer se boedel se nadeel, en derhalwe sou hy dan skuldig wees aan bedrog. Sou die staat nie bedrog kon bewys nie, dan beslis diefstal van die geld wat hom nooit toegekom het nie.

Ek was nie oortuig nie. Die beskuldigde was totaal ongeletterd. Die kassiere het self elke maand die spaarboekie opgedateer, welwetende dat die ou man nie eers sy loon sonder hulle hulp kon inbetaal nie. Hy het op geen stadium sy inbetalings- of onttrekkingsprofiel verander nadat die pensioenbedrag elke maand in sy rekening verskyn het nie. Wat meer was, United het skynbaar 'n reël gehad dat na die sluiting van 'n rekening, die nommer nie binne een jaar aan iemand anders toegeken mag word nie. Die reël was verontagsaam na die oorlye van die vorige rekeninghouer en toe die beskuldige die rekening kry, en die pensioen was skynbaar nie gestop nie, toe groei sy spaargeldjies teen 'n stewige pas. Maar hy, die beskuldigde, was salig onbewus hiervan.

Toe die saak ryp was vir verhoor was dit aan 'n ywerige aanklaer toeken, maar na slapelose nagte was ek self in die hof om die verhoor te volg. Die arme beskuldigde het so 'n aangrypende prentjie geslaan met 'n kraakskoon, maar gehawende, pak klere wat myle te groot was. Sy gemoedelike ou gesig het 'n verdwaasde uitdrukking gehad en dit was so duidelik dat hy geen idee gehad het waaroor al die bohaai gegaan het nie. Genadiglik was daar regshulp vir hom wat darem gehelp het om die trauma van die hofverrigtinge effens te buffer.

Deur middel van die tolk moes hy toe verneem hoe hy doelbewus bedrieg het, en derduisende rande gesteel het wat hom nie toegekom het nie; die een bewering meer pynlik as die ander. Hy het letterlik in skok gesit en luister hoe die getuie sy integriteit probeer verrinneweer het. Maar na die staatsaak het sy regsverteenwoordiger gelukkig daarop aangedring dat hy ook sy storie aan die hof moes vertel.

Die beskuldigde was 'n eerbare ou man en sy getuienis was so suiwer, eerlik en ongekompliseerd soos hy was. Maar die aanklaer was nie bereid om dié saak te verloor nie en hy het gekruisverhoor vir die beker en die boekprys, maar die beskuldigde het vasgestaan:

"ek het elke maand my ponde vir die dame by United gegee, sy het dit ingeskryf. Dan was ek weer daar op die 15e van elke maand om vyf pond te gaan haal. En toe ek aftree het ek vir haar my boekie gegee en sy het vir my die koevert met my ponde gegee."

En die aanklaer hou aan en die beskuldigde staan vas, en die aanklaer probeer weer, en die beskuldigde staan vas. En die aanklaer probeer nog 'n keer - *"maar het jy gladnie gedink dit is vreemd dat jy elke maand so min geld verdien, maar so 'n GROOT koevert vol geld by die United gekry het nie?"* *"Cha [nee]"* sê die beskuldigde. *"Nie eers die geringste suspisie dat iets nie reg was toe die United dame vir jou so 'n VET koevert vol geld gee nie"* vra die aanklaer teen daardie tyd hoogs gefrustreerd.

Toe kom die uitklophou waaroor my tone tot vandag toe krul: *"maar,"* sê die beskuldige, kyk na die hof, na sy prokureur, na my en die aanklaer, na die tolk – met 'n groot *nou-maar-luister-julle-mense-dan-nie-na-die-radio-nie* vraagteken op sy gesig – *"maar,"* sê hy weer, *"hulle ís mos die gróótste helpende hand in die land."*

MAGNUM

Immateriëlegoedereg is nie almal se koppie tee nie en by meerdere geleenthede kon ek op dieselfde stel feite baie oortuigend òf 'n merk registreer, òf hom weier. As die voormalige Registrateur van die destydste Direktoraat van Patente, Handelsmerke, Outeursreg en Modelle, het ek en die regsbeamptes gereeld op Vrydagoggende bymekaar gekom om die week se "probleem-aansoeke" te bespreek. Almal het goed voorberei om hulle aksies op regsgronde te argumenteer. Dit was dan ook sommer 'n goeie voorbereiding vir wanneer die regsbeamptes en regslui later, tydens informele verhore, oor die registreerbaarheid van handelsmerkaansoeke moes argumenteer. Ons het almal geweet, hoe meer merke mens kon registreer, hoe minder tyd was later in die registrasieproses verlore.

So kom ons toe ook weer een Vrydagoggend saam met 'n hoop aansoeke waaroor ons moes koppe bymekaarsit. Een van daardie hoop was die aansoek om *Magnum* vir, onder ander, roomys te registreer. Die regsbeampte was slaggereed om my van die registreerbaarheid van die merk te oortuig, maar met 'n waai van die hand het ek gesê *"maar magnum meen dan groot, en niemand kan tog regte in die gebruik van die woord 'groot' of dan 'magnum' kry nie .."* en ek gaan oor na die volgende probeem-aansoek toe.

Sy kon nie haar misnoeë met hierdie antwoord wegsteek nie en kort voor lank *chip* sy in en probeer weer, die keer met heelwat meer dryfkrag. Maar ek was nie oortuig nie en gaan toe weer oor na die volgende aansoek toe.

Teen daardie tyd was sy goed opgeruk en heel bruusk vat sy sommer die vloer om verder te argumenteer want, sê sy, "*ek stem glad-nie met jou saam nie!*" Kyk, toe looi sy dit en sy haal aan uit die gesaghebbende handboek van Webster & Page, en sy verwys na regspraak, en so hoor ons hoe welbekend die merk reeds in ander lande was. Sy was nog in volle vaart, toe spring van die ander regsbeamptes ook in en kort voor lank was dit 'n geval van soveel mense, soveel menings, en niemand was onderhandelbaar nie. Ek spring toe ook in en roep die hele lot tot orde.

Toe, in daardie oomblik van stilte, kyk sy my vierkantig in die oë en sê deur saamgepersde lippe "*ek het net een vraag vir jou ...*".

"*Genade,*" dink ek, hierdie lyk nie na iemand wat nee vir 'n antwoord gaan vat nie.

"*En dit is*" vra ek effe op my hoede.

Met passie in haar stem en 'n beklemtoning op elke afgemete woord kom dit toe: "*het jy al ooit 'n Magnum geëet?*" Doodse stilte en ses pare oë stip op my gerig.

Ek: "*uh, wel, ek is nie seker nie ...*".

Sy, met haar kop wat heen en weer skud: "*nee, nee, jy sou gewéét het as jy een geëet het.*"

Ek: "*wel, dan het jy jou antwoord, nee, ek het nie.*"

En toe, in absolute skok en verbystering staar sy my aan en die beste wat sy kon uitkry was: "*jou verarmde mens!!*"

FISKUS-VRIENDELIKE VOORSTEL

Op 'n keer moes ons 'n fiskus-vriendelike oplossing vind om Suid-Afrika so goed as moontlik by 'n Komittee van Eksperts in Genève te verteenwoordig. Dit was uitstekende nuus dat een van ons mees ervare regters homself beskikbaar gemaak het om die reis te onderneem. Dit was natuurlik duurder as wat een van ons sou gaan, want hy was, uit hoofde van sy amp, geregtig op 'n besigheidsklaskaartjie. Die kostes vir daardie reis het ook inderdaad die totale jaarlikse begroting vir diesulke uitgawes uitgeput, maar dit was in landsbelang en ons het die nodige gedoen. Ons was net goed besig met die finalisering van die reëlings toe 'n brokkie verpletterende nuus ons ore bereik het.

Weens sy status, asook meegaande mediese gronde, was die regter in terme van die toepaslike Staatsdiensregulasies daarop geregtig om vir mevrou ook saam te neem. Soos reeds genoem, ons begroting het beslis nie vir daardie nuwe tussentredende gebeurtenis voorsiening gemaak nie.

Die persoon in beheer van administrasie, en gevolglik ook die begroting, was ene Pottie. As mens na Pottie gekyk het, dan het jy 'n burokraat gesien; liggrys pak klere, wit of blou hemp, silver moubande om die lengte van die moue te reguleer, en dan was die rubber vingerhoed ook altyd byderhand. Wat jy nie onder sy burokratiese eksterieur gesien het nie, was die sin vir humor wat net altyd vir 'n geleentheid gewag het om uit te borrel.

Die begroting het ons toe reeds vir ure om die tafel gehad, hande in die hare, want 'n oplossing moes vir mevrou se vliegkaartjie en reis-en-verblyfkostes gevind word. Ons het elke moontlike berekening gemaak, die begroting hersien, gesoek na moontlikhede om finansiële verskuiwings te maak, maar daar was net blooteenvoudig nie 'n sent wat nie reeds geallokeer was nie. Dit was teen daardie moedelose agtergrond dat Pottie die stilte verbreek het met *"ek het 'n oplossing gevind!"*

Jy kon letterlik 'n speld hoor val toe Pottie begin verduidelik terwyl die vingerhoedvinger onverpoos die groot sakrekenaar op die tafel slaan. Eerstens hersien hy die berekening as die regter alleen gaan: vliegkaartjie, hotelkamer, reis-en-verblyfkostes en hy gee die bedrag wat ons reeds altegoed ken.

"Dan kom die kostes vir mevrou" gaan hy voort, *"vliegkaartjie, gelukkig dieselfde hotelkamer as die regter, reis-en-verblyf ..."*

"Ja Pottie," sê ek ongeduldig, *"dis mos nou alles goed wat ons weet, so wat is die oplossing?"*

"Ek kom daarby" sê Pottie. *"Die enigste manier waarop ons begroting gaan uitwerk, sal wees as ons kan spaar op die vliegkaartjie vir mevrou"* en hy laat waai weer op die sleutels van die sakrekenaar. Stilte. Berekeninge. Ons wag in spanning.

"Dis maklik" sê hy uiteindelik en kyk op met lagduiwels wat in sy oë ronddans. *"Ons huur vir hom 'n vrou in Genève!"*

SO LOOP JOU SONDES JOU VOORUIT

Dit is nog vars in my geheue hoe ons net moes koes vir die gramskap van die Amerikaners toe van ons eie plaaslike besighede handelsmerke soos, onder ander, *Victoria's Secret*, *Toys-R-Us* en *McDonalds* 'geadopteer' het vir gebruik in Suid-Afrika. Die herrie was behoorlik los en arme Trevor Manuel, destydse Minister van Handel en Nywerheid, het nie 'n steen onaangeroer gelaat om die situasie onder bedwang te bring nie.

Teen daardie agtergrond stuur hy my Genève toe om by die *World Intellectual Property Organization* 'n Staande Kommittee op Handelsmerke by te woon, want een van die belangrike items op die agenda was inderdaad die beskerming van welbekende merke.

Daar was ek toe vergesel deur Jens, ons Handel en Nywerheid se handelsekspert by die Missie in Genève, en so sit ons toe onder "*Afrique du Sud*" se vlaggie in die heel voorste ry van die konferensiesaal. Daar was ver oor die honderd lidlande van die Organisasie wat deur hulle top eksperts verteenwoordig was en ek was die ene konsentrasie om nie 'n ding te mis nie.

Nie lank nie, toe gee Jens my 'n elmboog in die ribbes en vra: "*wat is 'n 'well known mark' in Afrikaans.*" Met my mond in 'n tuit in sy rigting fluister ek: "'n welbekende merk" en ek neem weer notas vir 'n vale.

Tot my irritasie kom daar toe sowaar nog 'n elmboog: "*en wat is 'n 'famous mark' in Afrikaans?*"

"Nou wat sal hy sulke vrae vra, hy verstaan mos Engels en hoe moet ek nou weet," gaan dit deur my kop, en met die mond wat in sy rigting tuit sê ek *"'n 'famous mark' is 'n f*kken welbekende merk"* en daarmee was dit duidelik dat ek nou geen verdere vrae gaan antwoord nie.

Terug in Suid-Afrika gons dit behoorlik in die pers oor hoe Suid-Afrika skynbaar nie eers die merk McDonalds kon beskerm nie. Kort voor lank word ons land toe ook op die Amerikaanse *Special 301* "oortrederslys" geplaas. Daar was, in 'n neutedop, Amerikaners by die vliegtuie vol, konsultasies, konsternasie en litigasie.

Dit was juis die appèl in die McDonalds-saak in Bloem, met die Registrateur, my amp, gesiteer as Derde Respondent, dat die Minister my Appèlhof toe gestuur het om die verrigtinge persoonlik te gaan bywoon. Hy wou sonder enige versuim eerstehandse inligting oor die vordering van die aangeleentheid bekom.

In Bloem aangekom het ek allereers heel respekvol vir Regter Harms gaan groet, want hy het die regering met raad bedien gedurende die onderhandelinge met die Amerikaners en was gevolglik nie op die bank vir die McDonalds appèl nie.

In die hofsaal aangekom, was ek totaal oorweldig deur die gewerskaf ter voorbereiding van die argumente en die Sy-advokate, hulle juniors en die prokureurs het behoorlik rondgeskarrel om tasse vol lêers met getuienis uitgepak te kry voordat die Regters inkom.

Alles was net mooi in plek en oomblikke voor die Regters inkom, toe draai Puckrin SC om, kyk na my, en in volle 'pikkewyn-mondering' stap hy tot reg voor my en sê: *"ons kan die verrigtinge eintlik baie kort maak, jy weet?"*

"Nou hoe dan so Cedric" vra ek totaal oorbluf terwyl ek in ongeloof na ten minste twintig groot lêers propvol dokumente voor elkeen van die partye staar.

"Maar dis eenvoudig Louise," en met 'n duiwel wat in sy oë dans gaan hy sedig voort, *"ek moet dalk net vir die Regters vertel dat McDonalds 'n f*kken welbekende merk is!!"*

PR[U]VACY OF PR[I]VACY?

Poi was 'n "*schemer*." Ek gebruik maar die Engelse woord, want Google weet te vertel dat 'n "*schemer*" 'n "*skelm*" in Afrikaans is. Ek sal nie so ver gaan as om te sê dat hy 'n skelm was in die sin wat ek die woord ken nie, maar hy was beslis 'n "*schemer*." Vir my is daar 'n groot verskil tussen die twee terme.

So sit die twee van ons een dag op die stoep aan die stoeptafel. Hy sit met sy rug na die deur wat uit die voorhuis na die stoep toe lei en ek sit langs hom aan sy linkerkant. Beide van ons het 'n lekker uitsig geniet en ek het hom net een kyk gegee om te weet dit nie eers sou help om met hom te praat nie – hy was besig om te "*scheme*."

Dit was nie moeilik om dit vas te stel nie, want daar was twee spesifieke weggeepunte. Eerstens het hy op die horison gestaar soos 'n hond wat sy privaatbesigheid doen. Tweedens het hy die linkerpunt van sy snor met sy linkervoorvinger in die hoek van sy mond gedruk en dan het sy onderlip suigbewegings in die snor se rigting gemaak.

Poi het vas geglo dat, deur die genade van Bo, een van sy "*schemes*" hom nog skatryk sou maak.

Ek was maar net te bly toe die deurklokkie lui. 'n Kollega het gou kom inloer vir 'n teetjie en met die teegoed is ons reguit stoep toe en ek skink vir ons aldrie. Ek en die kollega gesels toe maar oor alles en nogwat en kort voor lank praat ons oor die verskillende spellings en uitsprake van woorde en ons wonder hoe die Engelse dit reggekry het om party woorde dieselfde te skryf en dan heel verskillend uit te spreek en so slenter-slenter kom ons by die woord *"privacy"* uit.

"Sê mens nou pr[U]vacy of sê mens pr[I]vacy" vra ek, en ek sit groot nadruk op die een letter wat so verskillend uitgespreek kon word. Die kollega reken toe die eerste is dalk meer korrek en so gaan dit oor en weer van die Britse koningin se Engels tot by die Amerikaners en dit was juis toe dat dit my byval dat Poi mos eintlik in 'n Engelse skool skoolgegaan het.

"En wat dink jy, Poi" vra ek.

"Huh," vra hy asof van 'n ander planeet af, *"wat dink ek van wat?"*

Duidelik het hy nie 'n enkele woord van die gesprek gehoor nie. Ek sê toe, *"sê mens nou pr[U]vacy of sê mens pr[I]vacy?"* en ek benadruk die verskillende uitsprake.

"Nou maar wat meen jy nou van pr[U]vacy en pr[I]vacy" vra hy.

Ek sê *"man, as iemand nou skielik hier deur ons huis aangestap kom, en hy kom deur die deur* (en ek kyk by hom verby na die deur agter sy rug wat vanuit die sitkamer kom), *sê mens dan hy maak inbreuk op ons pr[U]vacy of op ons pr[I]vacy?"*

Hy kyk my aan asof uit die verte, skoon geskok. 'n Frons trek oor sy gesig, hy kyk om na die deur, kyk terug na my, so asof die werklikheid nou vir die eerste keer tot hom deurgedring het, en hoogs verontwaardig sê hy: *"maar ek sal hom bl*ksem!"*

LADYYY-AN'-GETLEMENNN-ARE-YOU-READYYY??

Ek stap nou baie lank terug in tyd na die laat tagtigerjare toe ek behalwe voltydse en deeltydse werk, nagraadse studies, huishouding en alles, nog tyd vir teikenskiet ook gehad het. En nou praat ek nie van pelletskiet in die agterplaas nie, ek praat van groen en goud vir volk en vaderland met historiese swartkruit-sannas.

Die man in beheer van die Suid-Afrikaanse Swartkruitspan was op daardie stadium ene Paul Poulson. Hy was 'n Engelsman wat toe lank reeds in Suid-Afrika woonagtig was. Hy was 'n man met 'n kurkdroë humorsin. Hy was nie die enigste volksvreemde wat by die sport betrokke was nie. Daar was, onder andere, ook 'n paar Duitsers. Soos ek na al die jare in die buiteland nog nooit my Afrikaanse aksent verloor het nie, moes mens bitter mooi luister om te weet of van die Duitsers inderdaad Engels en nie dalk Duits gepraat het nie. Nou ja, hetsy Boer, Brit of Duitser, daar was genoeg son om op almal te skyn.

Op 'n stadium moes ons toe vertrek om deel te neem aan die Suid-Afrikaanse kampioenskappe op 'n skietbaan êrens verlate in die Vrystaat. Ek kan nie sweer nie, maar dit kon by Reddersburg gewees het. Die dorpie was mooi geleë vir die gerief van die Vaalpense, Natallers en die Kapenaars. Wat meer was, die baan was ook geskik vir beide kort (50 meter) en lang afstande. Dit was 'n baie belangrike kompetisie, want nie net sou die resultate die deelnemers se nasionale rangorde bepaal nie, dit was ook die laaste proef vir die keuring van die Springbokspan vir die Muzzle Loading International Committee (die MLAIC) se Wêreldkampioenskap in die VSA die volgende jaar.

Dit was omtrent 'n gedoente om alles in plek te kry vir die kompetisie en spesiale permitte was aangevra vir bietjie ekstra swartkruit. Poi het behoorlik bont gestaan om die loodpunte te giet, te kalibreer en die kruit af te weeg. Die gewere was gepoets, die skietkoffers gepak en selfs die twee honde was gebad en geskeer vir die okkasie.

Daar gekom was dit 'n groot gewerskaf. Die manne het gewere en koffers rondgedra, met gewere gespog, wenke uitgedeel en van die skietbrille tot die baadjies was nagegaan en verstel. 'n Paar dames het 'n verversingstent beman, die karavane was geparkeer en tente was opgeslaan vir diegene wat nie in die enigste hotelletjie kon inboek nie en kort voor lank het dit gevoel soos 'n doop op die dorp.

Die vlagskipkompetisie was wat ons sommer "off hand" genoem het. Dit was staan en skiet waartydens dertien skote in presies 30 minute afgevuur moes word. Die tien beste skote was dan getel om 'n resultaat uit honderd te kry. Die ander kortafstand dissipline, oor 100 meters, was *"prone."* Weereens het dieselfde reëls gegeld, maar omdat jy in die lê-posisie moes skiet, moes jy wikkel om jou dertien skote in 30 minute afgevuur te kry, want dit was skoonmaak, laai, lê, skiet, die skoot spot op die teiken, opstaan en dit alles x dertien. As die aanvangsfluitjie eers geblaas het was daar nie tyd vir hanna-hanna nie, jy moes skiet as jy betyds wou klaarkry.

So kondig Paul toe aan dat die volgende kompetisie oor 5 minute sou begin. Dit was 'n gegons om klaar te maak. Presies op tyd trek Paul weg op 'n militêre toon met wat die Franse 'n *liaison* tussen die woorde sou noem, want die een woord loop sommer uit in die volgende een in. En daar begin sy aankondiging wat ons laat lamlê het van die lag.

"*Ladyyyyy*-(ek was die enigste vrou)-*an'-Gentlemennnn-are-you-readyyyyy?*"

Halfpad teen die lyn skuts af kom 'n geprewel met 'n swaar Duitse aksent "*non non, I'm not gwedy.*"

Paul : "*I-knowww. That's-why-you've-lost-the warrrrr.*"

JOHN WAYNE TOILETPAPIER

Die storietjie oor Paul Poulson se *"are you ready?"* het my sommer ver laat terugdink. Ek onthou die geweldige gevoel van trots toe ons tydens 'n formele plegtigheid ons Springbokkleure toegeken was om Suid-Afrika in die buiteland te gaan verteenwoordig.

Die *"Centeniary Shooting Festival"* by Bisley in Engeland was presies wat die naam aangedui het – een maal per eeu, en dit nogal in ons leeftyd! Soos ek onthou was daar, in lyn met die tradisie, net veertien uitverkore lande vir die kompetisie en ons kon aan net mooi niks anders dink as aan ons heel eerste oorsese reis nie en dit nogal om ons vaderland te verteenwoordig. Wat 'n groot eer!! Daar was nie 'n einde aan al die voorbereidings, gewoeker, gewerkskaf en gepak nie, alles moes net reg wees. Ons gaan darem nou na Engeland toe!

En toe breek die groot dag aan. Die hele span het gepronk in groen en goud en daar was nie 'n haar uit plek nie. Dit was 'n groot oomblik en onthou, in daardie jare was dit net die Springbokke wat met daardie kombinasie van groen en goud kon pronk. Die koppe het letterlik gedraai toe ons by die lughawe aangekom het.

Van pure opgewondenheid kon ek nie 'n oog toemaak op daardie vlug nie en die volgende oggend, in die bus onderweg na Bisley, het ek onverpoos deur die venster gestaar. *"Alles lyk so anders, so beter"* dink ek in die stilligheid. *"Alles is groen en selfs die skape was soveel witter as by ons."*

By die slaapkwartiere aangekom kon ons nie gou genoeg alles

neersit, gou opvars en wegtrek skietbaan toe nie. Dis was 'n gewemel en 'n geskarrel met inskrywingsvorms, skietplanne, wapenkontrole en inligtingsbrosjures. Ek was steeds op 'n hoog toe Paul ons eenkant toe begin roep vir ons spanvergadering. Terwyl die mans nog so drup drup aangestap kom val my oog op 'n sinkgeboutjie wat darem baie naby lyk aan wat ons sommer 'n "*longdrop*" of 'n "kleinhuisie" sou noem.

"'n Longdrop'? Dis tog nie moontlik nie" sê ek vir Poi. Voor hy kon keer was ek reeds weg om self te gaan kyk.

Dit was toe nooit anders nie! Ek kon my eie oë nie glo nie, 'n "*longdrop*" in Engeland?!! Ek loer in. Dit lyk soos 'n "*longdrop*," dit ruik soos 'n "*longdrop*," en toe val my oog op die gryserig rolletjie toiletpapier. Ek tel die rolletjie op, trek aan die papier, en moes letterlik met mag en mening ruk om 'n stuk afgepluk te kry. Nog nooit, maar nog nooit, het ek in Suid-Afrika toiletpapier gesien wat lyk, en voel, soos rekbare toebroodjie wakspapier nie! Met die stuk papier in die hand hol ek na die mans toe.

"*Kyk hier*" gil ek sommer so in die hol. "*Kyk hierie blêrie toiletpapier wat ek in die "longdrop" gekry het*" en ek wapper dit so dat almal mooi kan sien.

"*Oh*" sê Paul, "*that is John Wayne toilet paper*," en gaan weer aan met dit waarmee hy besig was.

"*What do you mean Paul, John Wayne toilet paper? What the hell is that*" vra ek totaal oorbluf. Teen daardie tyd het Paul toe almal se aandag.

"*Yes,*" sê hy op sy droë toon, "*John Wayne toilet paper, because it is rough ... it is tough ... and it doesn't take sh*t from nobody!*"

WARE GELOOF

As ek vandag terugkyk dan wonder ek hoe ek staande kon bly met die finansiële ellende wat so spierwit in die die blom gestaan het tydens die jare saam met Poi. Ek het reeds twee werke gehad, én nog verder studeer ook, en dit was beswaarlik genoeg om die pot aan die kook te hou. Dit was nou wel 'n groot eer om in die Springbokspan te wees, maar die finansiële uitdagings wat dit meegebring het het my letterlik tot desperaatheid gedryf. Hoe op aarde finansier mens nou die reis na Engeland? Skiet was nie 'n toeskouersport nie, so maklik soos dit, en elke potensiële borg het dit bevestig. Ek was desperaat.

Op 'n mooi dag val my oog toe op 'n inskrywingsvormpie vir 'n kompetisie deur een van die Rade. Mens kan maar net jou kontakbesonderhede invul, een simpel vragie antwoord, jou handtekening maak, en as jy gelukkig is, stap jy weg met twee vliegkaartjies na nêrens anders as na Engeland toe nie! Die trekking van die gelukkige wenner was presies op die regte tyd vir ons doeleindes om in Bisley te gaan skiet!

"Dit is mos darem 'n teken" sê ek vir Poi. Ter stond laat ek honderde van die inskrywingsvormpies afrol en ek kyk nie links of regs nie, ek vul die vormpies in, want dié kompetisie gaan ek wen!! As daai man sy hand in die balie steek om die wenner uit te trek, dan sal hy nie anders kan as om een van my inskrywings raak te vat nie!

"Nou maar as Mohammed dan nie na die berg toe kom nie, dan moet die berg seker na Mohammed toe gaan" hoor ek my ma vir Poi sê toe sy uit die bloute na haar tennis daar by ons opdaag. En daar sien sy my sit, letterlik tot oor my ore toe van al die inskrywings-

vormpies.

"Waarmee op aarde is jy besig" vra sy.

Ek vertel haar toe van die kompetisie en ek eindig met *"Ma, ek gló ek gaan hierdie kompetise wen!"*

"Nee" sê Ma, *"as jy dit wérklik geglo het, sou jy nét één inskrywing ingestuur het."*

SKIET MET 'N GROOT KANON

Dit voel na baie lank terug dat ons net vier provinsies gehad het. Dit was juis in daardie tyd, lank terug, dat ons Pietermaritzburg toe moes gaan om aan die Natalse Kampioenskappe te gaan deelneem.

Dit was omtrent 'n gedoente om al die loodpunte gegiet te kry, 'n swartkruit permit te kry, kruit in dosisse af te weeg, gewere skoon en gepak te kry, om nie te praat van al die toebehore, toerusting en ekstras wat moes saamgaan nie. Poi was vir dae besig met alles, want as daar nou een kompetisie was wat hy vir geen geld op aarde sou mis nie, dan was dit juis die een in Natal. Ek weer sou aan geen kompetisie gaan deelneem as my twee honde nie ook kon saamgaan nie. Die probleem, egter, was dat daar bitter min troeteldiervriendelike hotelle was.

Ons was al op die strydvlak met die voorbereidings vir die kompetisies toe ek vir Poi vra in watter hotel hy vir ons bespreek het. *"Dit is presies die volgende ding wat gedoen moet word"* sê hy en gaan haal 'n papiertjie met die hotel se foonnommer op. Hy skakel, gaan deur na besprekings toe, en vra of hulle vir ons 'n kamer het vir die gegewe nagte.

"Ja, met plesier" antwoord die dame, kry al sy besonderhede en net toe sy dink die gesprek was verby, deel hy haar baie hoflik mee dat ons die twee, welopgevoede, hondjies sou saambring.

"Nee," kom dit beslis van haar kant af, *"dit sal ongelukkig nie moontlik wees nie, want ons laat geen diere op die perseel toe nie."*

"Ek dink nie jy verstaan nie," gaan Poi baie hoflik voort, *"ek vra jou nie, ek sê jou dat ons die twee hondjies gaan saambring en dat julle nie eers sal weet dat hulle daar is nie."*

Toe gaan dit omtrent soos die bal oor die net wip in tennis met haar wat op *nee* vashak en met hom wat weier om *nee* vir 'n antwoord vat.

"Nou moet jy baie mooi luister" gaan Poi voort met afgemete stiltes tussen die woorde. Hy poos vir 'n oomblik vir die nodige effek. *"Kyk,"* gaan hy voort, *"jy sal nou moet kies: óf jy stem nou toe dat ons die twee hondjies saambring, óf jy laat my geen ander keuse as om die hotel te koop en jou te ontslaan nie."*

Ek kon my eie ore nie glo nie! Mens kon letterlik die stilte aan die anderkant van die lyn hoor. Toe klink die flou stemmetjie oor die foon se luidspreker: *"Meneer kan hulle maar saambring, hulle is ook baie welkom."*

DIE COLOMBO KURSUS

In die laat negentigs het my Organisasie 'n jaarlikse vlagskip-opleidingskursus in Colombo, Sri Lanka, aangebied. Dit was 'n twee weke intensiewe kursus en daar het jong professionele staatsamptenare van ongeveer vyf-en-twintig lande, per kursus, 'n bekendstelling aan immateriëlegoederereg gekry. Uitsonderlik was daar ook ouer deelnemers en die betrokke jaar was daar toe 'n baie ervare amptenaar van Pakistan, in sy baie laat vyftigs, terwyl die ander deelnemers in hulle laat twintigs tot vroeë dertigs was.

Die eerste keer wat ek 'n Asiese gehoor toegespreek het, het ek werklik nie geweet hoe om hulle lyftaal te interpreteer nie. Hulle het geweldig aandagtig geluister, maar niemand het emosies gewys nie. Dit was so anders as waaraan ek gewoond was. As jy in Asië vir 'n deelnemer die mikrofoon gee, dan wil hy hom nie hê nie, maar as jy hom in Afrika oorhandig, dan kry jy hom nie weer terug nie. Gelukkig was dit darem 'n bietjie anders met die Engelssprekende deel van Asië en die Pakistani staatsamptenaar se belangstelling en teenwoordigheid was omtrent 'n seëning. Sy entoesiasme was letterlik aansteeklik en hoe meer die gehoor ontdooi het, hoe meer het dit die sprekers aangehits.

Dit was teen daardie agtergrond dat ek 'n presentasie oor inbreukmaking en siviele remedies in die area van handelsmerke moes maak en om sommer nog 'n bietjie ekstra kleur aan die presentasie te gee, het ek tot in die nanag die heel nuutste regspraak bestudeer. Dit was toe dat my oog op 'n splinternuwe uitspraak oor die inbreuking van die merk Viagra geval het.

Die volgende dag het ek toe almal se aandag en soos die presentasie aangaan, behandel ek die een saak na die ander. Die gehoor was vasgenael en mens kon sien hoe handelsmerke vir hulle lewe begin kry het. Mens kon letterlik 'n speld hoor val soos almal geluister het.

Juis toe kom ek by die Viagra uitspraak *"en,"* sê ek, *"een ding wat ek nou nie van die saak verstaan nie, is dat die Viagra 'n pers-blou vloeistof in 'n bottel is. Ek dog dan dis diamantvormige blou pilletjies ..."*.

Voordat ek egter my sin kon klaarmaak was die Pakistani reeds aan die opvlieg met sy arm in die lug met klappende vingers soos mens as kind in die skool gemaak het as jy die antwoord geken het.

"No Ma'm," bulder hy, *"you do get it in liquid form!"*

Maar toe hy dit sê besef hy sy flater, en in daardie oomblik van skok, asof tyd gaan stilstaan het, net voordat die hele klas uitbars van die lag, weerklink my antwoord oor die luidsprekers: *"thank you Sir, I bow to your superior knowledge."*

DIE REGTE MEDISYNE

My eerste baas in Genève, James, was 'n juris van Ghana af. In 'n Franssprekende omgewing met kollegas van oor die 120 verskillende lande, was sy Anglo-Saksiese humorsin 'n lewensredder. Wanneer dinge té Frans of té verkeerd begin gaan het, was hy altyd 'n toevlug en kort voor lank het ons beide geskater.

So vertel hy my een dag van sy oom wat die mediese dokter vir die weermag in Ghana was. Die man was skynbaar 'n regte platjie en het nie 'n geleentheid laat verbygaan om die kalklig met sy staaltjies te steel nie.

Tydens 'n familiebyeenkoms weet die dokter toe te vertel dat hy pas terug was van 'n ekspedisie vir 'n militêre oefening êrens op 'n uithoek van die land en dat die akkomodasie en omstandighede behoorlik karig was. Die nagte was die ergste, die muskiete was aktief en die kêrels het rondgerol op hulle kampbeddens; nag na nag was dit bykans onmoontlik om te slaap.

Die een aand, net toe hy uiteindelik begin insluimer het, begin een van die troepe te hoes. Dit was so 'n blaf-hoes en kort voor lank kraak die kampbeddens soos die manne rondrol weens die geblaffery. So het dit letterlik vir ure aangegaan tot hy dit mettertyd nie meer kon vat nie.

"So wat het jy gedoen" vra een van die ander gaste.

Dokter: *"ek het nie 'n keurse gehad nie, ek moes maar medisyne gaan kry het."*

"Beslis," sê die gas, *"so wat het jy vir hom gegee?"*

Dokter: *"dit was juis die probleem, daar was ongelukkig niks wat hom sou help nie, toe neem ek maar 'n slaappilletjie."*

63

SLIM VANG SY BAAS

Die Bybel sê dat dit wat onder 'n maatemmer gebeur in die openbaar vergeld sal word. Dit is die reine en heilige waarheid. Dit het ek al hoeveel kere presies net so sien gebeur. Soos byvoorbeeld die tyd toe ek vir Bean ontmoet het (hy was 'n internasionale doeane expert en die bron van 'n hele paar staaltjies). Dit was in 2004, in Viëtnam, tydens twee rug-teen-rug opleidingsessies in Hanoi en toe in Ho Chi Min City.

Weens die probleme van die filmindustrie met DVD roofvervaardigers en verspreiders, het ek toe besluit om ook een van die privaatsektor se kundiges saam te nooi, net om die boodskap bietjie te onderstreep met syfers oor monitêre verliese en die impak daarvan op werksverskaffing. Dit was 'n wen-wen formule, want ons het nie vir diesulke kundiges betaal nie en hulle weer het toegang tot die wetstoepassers gekry.

Die ongeskrewe reël was dat hierdie gassprekers die onthaaltjie vir die amptenare en die sprekers sal bywoon, want dit is mos presies die geleenteid om mekaar beter te leer ken en hulle netwerke uit te brei.

Maar dié keer was die privaatsektorverteenwoordiger skynbaar op sy eie missie en behalwe die een presentasie tydens die opleidingssessie in Hanoi, het ons hom nie weer met 'n oog gesien nie. Hy was, aldus hom, vreeslik besig. In Ho Chi Min City gekom gaan dit toe ook nie beter nie. Ek het my verwonder oor sy geweldige skedule en dit vir 'n man wat reeds in sy sterk herfsjare, na 'n lang loopbaan in die Mag, hierdie werkie geneem het om hom besig en uit die kwaad te hou.

Dit was op die laaste dag van die tweede opleidingskursus dat hy toe uiteindelik vir my en Bean uitnooi vir 'n vinnige skemerkelkie na werk. Weens sy besige skedule kon hy ongelukkig nie vir aandete ook beskikbaar wees nie. Omdat ons laat klaargekry het, besluit ons toe om sommer direk na werk gou vir die kelkie te gaan. Daar was net tyd vir baadjies uittrek, want die man se tyd was baie beperk.

By die ontvangs aangekom, soos afgespreek, stel Bean toe voor dat ons sommer oorstap na die hotel se kroegie toe, maar daarvan wou die man niks weet nie. *"Hier is baie oulike plekkies in die omgewing, kom ons stop by een van hulle,"* sê hy, en daar trek ons.

Na so vyf minute se loop in die hitte begin Bean geskikte plekkies uitwys, maar die man het tien goeie redes om elke voorstel van die hand te wys en so stu ons voort in die drukkende hitte.

Na so vyftien minute begin ek toe ook te grom, want ek sou nie dié skoene aangetrek het as ek besef het hoe ver ons sou loop nie. So loop ons by niks minder as vyftig geskikte plekkies verby voordat hy skielik in erns wegtrek met *"nou wat van daaaaai een?"* en hy wys verby ten minste vyf ander soortgelyke plekke voordat ons daaaai een op die horison sal bereik. Ek en Bean kyk mekaar aan.

"Nou waarom nie sommer Dié een, of DááRDIE een nie," vra Bean, en wys na plekke in ons onmiddellike omgewing, *"ons loop darem nou al vir meer as 'n halfuur en dit net vir 'n vinnige skemerkelkie,"* probeer hy weer.

Weereens tervergeefs, en soos ons aanstryk motiveer die kêrel dat hy net die gevoel kry dat daaaai een die geskikte plek sal wees. Hyself ken natuurlik nie die omgewing nie en gevolglik *oee* en *ahh* hy toe oor al die goed in die straat wat hy vir die heel eerste keer in sy lewe sien.

Op dié trant kom die drie van ons uiteindelik op die voorstoep van daaaai plekkie aan. Soos ons met die trappies opstap kom daar 'n pikante Viëtnamese vroutjie by die deur uitgestap. Maar toe haar oog op die vent val, verander haar hele lyftaal. Sy begin letterlik te vibreer en met 'n gesiggie wat ophelder strek sy haar arms wyd na hom toe uit en spring vorentoe. Soos sy in sy arms val, juig sy uit volle bors: "hêllo Dêddy!!!!"

Die ou pes, dink hy nou ons is onder 'n kalkoen uitgebroei. Daar hang sy aan Dêddy se arm terwyl sy ons na ons hoë tafeltjie begelei en hy doen wat hy kan om nie in ons rigting te kyk nie. Sy babbel nog een strook deur terwyl sy ons plaas, met Dêddy aan my linkerkant en Bean oorkant my. Stralend van vreugde oor Dêddy wat weer daar is, kom maak sy haar staan tussen my en Dêddy.

Borrellend, met haar arm liefdevol om sy nek, vra sy my *"do you know this man"* en gee Dêddy sommer nog 'n soen.

Toe, tot die groot vermaak van Bean, antwoord ek ewe liefies: *"sure, I do, he is my husband!"*

DIE LEGENDARIESE BEAN

David was 'n internasionale kundige in die area van doeane aangeleentheide en sedert ek hom in 2004 ontmoet het, het ek hom oral oor die wêreld heen genooi om by ons opleidingsprogramme vir wetstoepassers aan te sluit as 'n deskundige op sy vakgebied. Wat meer is, David is die aangenaamste mens denkbaar en dit was altyd heerlik om saam met hom te werk.

Ongelukkig vir hom, egter, is David 'n ware ongeluksvoël. Ek dink nie dit sal oornag verander nie. Dit was nie dat hy die ongeluk loop soek het nie; nee, die ongeluk het hóm gesoek. Sal daar 'n duisend mense tesame staan en een baksteen val uit die lug uit, dan tref dit hom. Nie net één keer nie; élke keer!

Moet nou netnie dink dat sy ongelukke territoriaalgebonde was nie. Besis nie, dit was universeel en waar hy homself ook bevind of bevind het, het sy ellende om die eerste draai wit in die blom gestaan. Hiermee enkele voorbeelde ter illustrasie.

Drie ongelukke later …

Een van die heel eerste stories wat David vertel het, was hoe hy sy bestuurslisensie gekry het en dit nadat hy reeds drie motorongelukke gehad het.

Die eerste ongeluk was toe sy pa hom uit die bloute gevra het om die motor in te trek. Hy was behoorlik gevlei, vertel hy. Soos ek onthou was hy toe ongeveer vyftien jaar oud. Hoewel hy geen idee gehad het hoe om te bestuur nie, het hy nie geskroom nie, want sy pa het skynbaar volle vertroue in hom gehad.

Daardie vertroue was egter heeltemal misplaas, want twee minute later kom die voertuig in 'n bol rook teen die motorhuis se muur tot stilstand. Arme David, en seker sy pa ook, was nog in skok toe die nooddienste die motor kom wegsleep het. Die skade was nie net tot die motor beperk nie. Trouens, die motorhuis moes ook herbou word.

Die insident was nog vars in sy geheue, 'n paar maande later, toe vra sy pa hom sowaar weer om die motor in te trek. Na die vorige ongeluk was die motorhuis herbou en nou was die ingang aan die agterkant van die huis met 'n oprit wat reg om die huis geloop het.

Die keer, vertel David, het hy dit egter nie tot by die motorhuis gemaak nie. Hy vertel hoe hy daar met skreeuende bande om die hoek van die huis was, die wasgoedpaal uit die grond uit gery het, en toe in 'n bedding teen die agtermuur van die erf tot stilstand gekom het.

Die een goeie ding daarvan was dat sy pa besef het dat hy die hulp van 'n bestuurskool sou moes inroep om sy seun te leer bestuur.

Die derde ongeluk was die dag van sy praktiese bestuurseksamen. Alles het relatief goed afgeloop totdat hy en die toetsbeampte die sentrale deel van die stad genader het. Reg voor die Doeanehuis, waar hy vars uit die skool begin werk het, vind sy voet toe die petrol en nie die rem nie en daar boender hulle teen 'n rooi lig oor 'n voetgangerskruising en die blywende indruk was een van mense wat uitmekaar spat. Twee van die slagoffers was swanger dames wat onder sireneklanke en blitsligte hospitaal toe gejaag was.

Op daardie oomblik daag daar toe 'n kollega op met die boodskap dat die *Collector of Customs*, die Groot Baas met ander woorde, hom in sy kantoor wou sien. Daar gekom stop die *Collector* hom 'n groot glas whiskey in die hand en sê *"here lad, get this down you."* Dis toe ook presies die oomlik wat die polisie daar opgedaag het om 'n doodsbleek David met 'n stywe dop whiskey in die hand te vind.

Toe David later daardie middag by die huis instap was die ongeluk die hooftrek op die nasionale televisie. Die goeie nuus, egter, was dat nadat die dames vir skok behandel was, beide hulle en hulle babas ongedeerd van die spulletjie afgekom het. Dit was toe dat David se pa sê *"Son, tomorrow you will make another appointment for your practical examination."*

Toe hy drie dae later vir die eksamen opdaag, vertel David, gee die toetsbeampte hom net een kyk, laat hom om die eerste hoek ry tot by die teekamer en daar het hulle maar die tyd uitgewag, teruggery en dit was hoe hy sy lisensie gekry het. Maar, vertel David, tot vandag toe doen sy vrou die rywerk, want lisensie of nie, in die openbare belang, en vir sy eie veiligheid, pas hy baie beter in die passasierskant van die voertuig.

Hoe David Bean geword het

So oor die jare het ek toe self waargeneem dat die ellende om elke draai vir David lê en wag. Ek gaan sommer 'n paar lukrake voorbeelde noem om my punt te staaf.

'n Paar jaar gelede doen ons 'n groot opleidingsprogram in Ulaanbathar vir wetstoepassers van 'n hele paar lande in Asië. David is een van die min mans wat ek ken wat mal was oor inkopies doen en hy het nie 'n tweede uitnodiging nodig gehad om my te vergesel na die inkopiesentrum toe nie. Mongolia is mos darem bekend vir goeie kwaliteit *Cashmere* en ons was reg om 'n bydrae tot die ekonomie te maak.

Onderweg terug na die hotel toe moes ek net fyn trap met my hoë hakke en pakkies in beide hande, want daar was bitter min oor van wat op 'n stadium 'n plaveisel moes gewees het. So tussen die konsentrasie deur hoor ek hom toe sê *"jeez Flo* (die bynaam is 'n storie op sy eie), *the pavement is in a terrible state."*

Met die dat ek links kyk om hom te antwoord, merk ek dat hy nie meer langs my was nie. En dis eers toe ek grond toe kyk dat ek hom in die stof sien rol dat die pakkies in alle rigtings trek. Ek was totaal in skok en hy ook. Die oomblik wat hy in my rigting gekyk het om met my te praat, het hy sowaar 'n *manhole* gaan aftrap en toe hy begin inval ruk hy homself in 'n rolbeweging in en dis waar ek hom gesien rol het dat die pakkies spat. Ongelooflik. Hy het later vertel dat hy vir geruime tyd mediese behandeling moes kry en hy was skynbaar potblou vir maande daarna.

'n Ander keer in Cambodia, toe ons vir een of ander rede met 'n tuk-tuk na die konferensiekamer moes gaan, tref nog 'n ramp hom. Toe die tuk-tuk stop laat hy my ewe galant eerste klim (ek weet nou nie of mens moet sê inklim of opklim nie). Daarna was dit sy beurt en net voordat hy gaan sit het leun hy oor die rand van die tuk-tuk om sy koffertjie boeke in te tel. Maar instede van die koffertjie intel, tuimel hy uit, en daar rol hy terug tot op die Sofitel se welkom mat. Dit is asof dit tot vandag in *slow-motion* voor my eie oë afspeel. Ongelooflik!

Net met die volgende missie, die keer na Tokyo, was ons en die ander sprekers ná aandete onderweg na die hotel toe, en wetende dat die ongeluksvoël reg agter my loop, basuin ek uit *"careful, David, mind the small step"* en ek wys my arm agtertoe en punt my vinger in die rigting van 'n vyf-sentimer hoë klein trappie. Te laat, want toe ek so agter my vinger aan kyk kom David reeds kop eerste horisontaal by my verbygevlieg. So kan ek aangaan. Ongelooflik!

Dit was tydens dieselfde missie dat ons almal een aand saam om die etenstafel gesit en skater het oor al David se stories. Die een stories was beter as die ander en glo my, hoe meer hy homself geïnkrimineer het, hoe lekkerder het hy saam met ons gelag.

Ons het gesit en skater toe ek deur trane van die lag sê *"oh David, this is so funny, one should make a movie!"*

"*Indeed,*" sê een van die ander eksperts deur die lag, "*a Mr. Bean movie!*"

Lucky en Flo

Mens het al amper vergeet van die tyd voordat die wêreld digitaal geword het. Die dae toe jou skootrekenaar een van jou grootste uitdagings was en al te dikwels het een verkeerde knoppie alles waaraan jy die laaste paar ure geskryf het in die niet in laat verdwyn. Nou praat ek nie eers van die flaters met vonkposse nie (dis nou eposse, soos ek verstaan), en die uitdaging om 'n stel *PowerPoint* skyfies te maak. Daardie was ook die dae voor die "*downloading*" of "*streaming*" van flieks en die dae toe tonne en tonne polikarbonaat tussen grense geskuif het as onwettige DVD's wat die filmindustrie miljarde dollars gekos het.

Ek onthou soos gister hoe die internasionale wetstoepassersgemeenskap aan die gons was toe die *Motion Picture Association* twee honde aangestel het om amptenare te help in die stryd teen onwettige DVD's wat markte oor die wêreld begin oorweldig het.

Die twee Labradors was op almal se lippe en die internasionale pers was vol hoofopskrifte soos "*Lucky and Flo Sniff out Movie Pirates.*" Hulle kon polikarbonaat op 'n myl uitruik en die twee was so effektief dat die opskrifte kort voor lank ook getuig het van aanvalle teen hulle "*DVD Pirates put out Hits on Lucky and Flo.*" Daar was selfs 'n regte ou *Western* "*WANTED DEAD*" kennisgewing, met die twee se gesigte tussen *WANTED* en *DEAD*.

Pas na die aanstelling van die twee, borg die Japanese toe 'n groot vergadering in Tokyo en nooi 'n goeie 10 lande in Asië se wetstoepassers sodat ons die aangeleentheid kon aanpak. Dit was belangrik om seker te maak dat almal wat nuut in daardie area gewerk het, presies geweet het wat gedoen moes word as die vragte polikarbonaat oor die grense begin rondbeweeg het. Wie beter as Bean om ook saam te gaan, want hy het 'n goeie twee-en-dertig jaar in sy eie land se Doeane Departement gewerk en toe nog sewe jaar by die Wêreld-doeane-organisasie ook.

Van die opening van die opleidingsprogram was die amptenare die ene ore. Sowat van inligting het hulle nie verwag nie en hulle was verstom oor die streke waarmee die georganiseerde kriminele vorendag gekom het om inbreukmakende DVD's die wêreld in te smokkel sonder om betrap te word. So luister hulle met aandag hoe die skelms tot selfs bote in buite-territoriale waters gebruik het vir die kopieëringsoperasies. Dan, as wetstoepassers hulle wou vastrek, beweer het dat die inbreukmakings in ekstra-territoriale waters plaasgevind het en dat die beamptes gevolglik nie oor hulle jurisdiksie het nie.

"*Sulke skelms,*" praat hulle onder mekaar, en toe kom die goeie nuus dat die "*good guys*" teruggebons het met die aanstelling van twee speurhonde. Toe wou almal gelyk praat en dit was die een vraag na die ander oor die twee honne, naamlik Lucky en Flo.

"*Watter ras*" vra een. "*En hoe word hulle opgelei*" vra 'n ander. "*Maar waar werk hulle*" en "*wat kan hulle alles uitruik*" word gevra, en tot almal se groot vermaak vra een "*kan hulle selfs die verskil tussen oorspronklike en onwettige DVD's uitruik?*"

Toe ek weer hoor "*maar hoe lyk hulle?,*" mik ek vir my rekenaar wat aan die oorhoofse projektor gekoppel is. "*Wag,*" laat waai ek, "*ek het 'n foto van hulle!*" en die klomp kon skaars wag dat ek die foto wys.

Met al die oë op my gerig begin ek op die rekenaar tussen die fotos rondgrou en daar sien ek die twee pikswart Labradors met hulle weerkaatsende geel oorjassies aan en my vinger slaan die "*enter*" knoppie voordat ek eers kyk waar die pyltjie gemik was. Selfvoldaan kyk ek na die klomp en staar my vas in verbysterde gesigsuitdrukkings. Jy kon 'n speld hoor val.

"*Nou wat nou,*" dink ek, dis nie die reaksie wat ek verwag het nie. Doodse stilte.

Terwyl ek nog totaal onkant betrap deur hulle reaksie daar voor hulle staan, bars daai klomp mans uit van die lag en selfs Bean knak in die middel soos hy skater.

Dit was met die omdraaislag om self op die oorhoofse skerm te kyk dat ek alles verstaan het. *"Oh sh*t"* knoop ek, dit was heeltemal die verkeerde foto! Daar, *"larger than life"* sien jy net die twee koppe van my en my *"Schatzi"* wat vanaf die groot skerm na die groep staar. Ek kon voel hoe my knieë lam raak en so tussen die gebrul van die lag deur vat Bean toe die mikrofoon en daar bulder hy: *"indeed! Lucky and Flo!"*

Bean in groot nood

Met Bean was daar nooit 'n tekort aan redes om te lag nie. Die een ding het sommer so in die ander in gevloei en as hy eers begin het om 'n lewensgebeurtenis oor te dra, dan was ons die ene ore.

So kom Bean toe ook op een of ander bestemming aan waar ons opleiding gedoen het en, vertel hy sommer so met die groetslag, die reis was nie sonder voorvalle nie.

"Trouens," vertel hy, *"ek weet nou nog nie hoe ek my aansluitingsvlug gemaak het nie!"*

"Nou hoe dan Bean" vra ek. En toe vertel hy, en soos altyd was dit die reine en heilige waarheid.

Maak nou nie saak waarheen hy op pad was nie, Bean moes vir die meeste van sy internasionale vlugte altyd eers gou 'n aansluiting in Australië gekry het. Daardie betrokke dag het hy 'n baie knap aansluiting gehad, maar onderweg na die vertrekhek besef hy dat hy nie sonder skandes daar sou uitkom as hy nie allereers gou by die kleinplekkie aandoen nie. Sy maag het gerommel en geraas en hy sou nie kon hou tot na die sitplekgordelliggies afgeskakel sou word nie.

Hy swenk toe gou in die rigting van die *"Gents"* en toe hy om die draai kom sien hy met skok dat 'n hele paar manne reeds in 'n netjiese ry langs die muur hulle beurt gestaan en afwag het. Die nood was blooteenvoudig te groot, hy sou op 'n manier moes ingaan en loer of die toilet vir gestremdes beskikbaar was.

Bean was baie hoflik, maar die roepstem van die natuur was so duidelik dat sy eer en aansien op die spel was. Dit was waar hy soortvan na outomaties oorgeskakel het en met 'n effense hink en pink stap hy verby die manne in die ry en tot sy enorme verligting staan die deur van die toilet vir gestremdes oop. In diepe dankbaarheid neem hy plaas op die toilet wat heelwat hoër gemaak was sodat diegene met rolstoele maklik kon oorskuif.

Dit was met groot verligting dat hy die toiletpapier sommer so 'n ruk gegee het om gou klaar te kry en pad te vat. En dit was juis met die rukslag dat die rolletjie witgoud toe reg van die staalarmpie afsping en rats onder die toiletdeur uitgerol het. En, vertel Bean, soos 'n wafferse visser probeer hy toe die rolletjie terugkatrol en hy leun later vêr vooroor om seker te maak hy vorder met die proses.

Die volgende oomblik tip hy vooroor van daardie hoë toilet af en dit klink soos 'n skopskietrolprent daar agter die toiletdeur soos hy grond toe tuimel. Maar, vertel hy, dis of 'n heilige stilte die plek oorval het. Nie 'n klank nie. Hyself het nie eers durf beweeg om vas te stel of alles nog in plek was na die val nie. Dit was of sy lewe voor sy oë afgespeel het en die blywende flitse was van 'n vlug wat verpas was omdat hy nie weer sy gesig buite daardie toilet vir gestremdes sou kon wys voordat almal nie eers weg was nie. Die skaamte het hom totaal oorweldig.

Toe, asof uit 'n beswyming, hoor hy 'n sag dog dringende klop aan die deur, stilte, weer 'n klop, en toe 'n bekommerde Aussi stem wat met groot deernis vra: *"hey Mate, are you allright in there..."*.

"SUD-AFS"

Die een ding wat my al vir jare amuseer is dat heelwat Suid-Afrikaners wat die buiteland besoek vir die een of ander rede glo dat niemand hulle kan verstaan as hulle Afrikaans praat nie. Baie van ons kan hierdie tipe staaltjies vertel en ek gaan sommer twee stuiwers in die armbeurs gooi.

Eerstens dink ek nou terug aan 'n insident wat ek in 1996 beleef het net toe my *"ex-pat"* jare begin het en ek inderhaas 'n paar Franse woorde moes leer om in die vreemde te oorleef. Ek was warm aangetrek vir my Franse klas by een van die UN, of dalk eerder VN, taalskole wat toevallig by die Wêreldarbeidsorganisasie was. Weens die koue was die uitrusting ook afgerond met 'n Franse *"barrette"* op die kop.

Na die klas was ek verbaas oor hoe vol die die andersins ruim kafeteria met sy lang tafels was, maar ek vind toe darem 'n plekkie. Diep ingedagte oor die vreemde taal, word ek bewus van twee vriendelike manne, met skinkborde in hulle hande, wat ewe hoflik in Engels vra of hulle die twee plekke reg langs my, en oorkant mekaar, kan gebruik, want daar was werklik geen ander plek beskikbaar nie.

Hier is dit nie vreemd dat wildvreemdes so reg langs jou kom sit en eet nie. Almal gaan maar aan met hulle eie dinge en dit pla nie. Maar die reël geld nie as die twee wat hulleself langs jou kom installeer skielik in Afrikaans wegtrek nie! En dan ook sommer verwys na die "Franse poppie" wat so gaaf was om hulle daar te laat sit nie.

"Het ek reg gehoor?" gaan dit deur my kop. En toe die volgende

opmerking in die rigting van die oulike poppie se voorkoms neig, toe tref my linker elmboog die een langs my in die ribbekas en met koeëlronde oë staar hy my aan toe ek in Afrikaans vir hom sê *"maar só praat jy darem nie oor my as jy reg langs my sit nie!"*

Hulle gesigsuitdrukkings was onvergeetlik! Ons het almal uitgebars van die lag en daardie naweek het ek die twee op 'n besigtigingstoer in en om Genève gevat en ons het heerlik saam gekuier.

Dit was seker so 15 jaar later toe ek by 'n Vryheidsdagviering myself trompop vasloop in ons nuwe Ambassadeur wat in Bern gestasioneer was – en toe ons mekaar so kyk, toe weet ons sommer dit was *déjà vu*.

"Ambassadeur, onthou jy my" vra ek. En toe, in suiwer Afrikaans, met twee groot uitgestrekte arms sê hy *"maar natúúrlik, hoe sal ek jou dan vergeet?!"*

***

Die ander staaltjie vat my jare terug na Universiteitsdae waar ek die pragtige Rhoda Rademeyer leer ken het. Vir die wat nog sal onthou, Rhoda, die opvolger van die Juffrou Suid-Afrika kompetisie, moes inderhaas instaan by die Juffrou Wêreld-kompetisie toe die beeldskone Vera Johns gedwiskalifiseer was.

Rhoda het skuins oorkant my in die koshuis gebly. Dit was die jaar na haar glorie en as eerstejaar op daardie stadium sou ek beslis nie haar vriendskap gaan opsoek het nie. Dit was maar net toevallig dat ons aand na aand presies op dieselfde tyd 'n laaste plassie voor bedtyd gaan maak het, dat ons toe aan die gesels geraak en vriende geword het. So vertel sy my toe van 'n komiese insident toe hulle vir die Juffrou Wêreld-kompetisie in die buiteland was. Haar kêrel en latere eggenoot, Albert, 'n bekende fietsryer, was ook saam en voor of na haar kompetisie sou sy hom dan weer bystaan tydens die *Tour de France*, as ek nou reg onthou.

Ek kan nie onthou presies waar hulle was toe daar 'n taamlike lywig tante met malende boude, gestop in 'n styfpassende sellulietsokkie, by hulle verbygestap het nie.

Voor Rhoda nog kon keer vlieg Albert op en, soos 'n skoolseun van ouds, swaai hy sy boude en daar trek hy weg met 'n gemompelde *"een vir jou, een vir my"*-rympie agter 'n hand skuins oor sy gesig asof hy aan die skinder was. Maar, vertel Rhoda, daardie tannie draai om en versteen van skok, soos Lot se vrou, moes Albert in suiwer Afrikaans, en in baie duidelike terme, hoor wat sy van die besigheid gedink het.

"Arme Albert," het Rhoda geskater, *"dit het hy beslis nie gesien kom nie!"**

**Met medelye en respek aan die familie en vriende van Albert en Rhoda na hulle tragiese motorongeluk in 1996.*

'N ROU EEND

Maak nou nie saak waar jy woon nie, as mense kom besoek en jy moet hulle rondvat, dan sien jy dieselfde plekke oor en oor. Gebasseer in Genève, kan ek nie eers begin tel hoeveel keer ek vriende en landgenote Guyeres, Yvoire, Chamonix, Annecy, en, en, en, toe geneem het nie. Om nie die ervaring vir die gaste af te water nie, doen ek dit elke keer asof dit die eerste keer is. Om heeltemal eerlik te wees, dit was gladnie so eentonig soos wat dit mag klink nie. Die wenresep was om jouself toe te laat om wat jy ookal besoek deur die sintuie van jou gas te ervaar. Dit is taamlik verfrissend, want elkeen het mos die gawe om iets anders waar te neem. So kom 'n eertydse kollega, Johan, op 'n amptelike besoek Genève toe en ons oormerk een middag na werk vir 'n kuiertjie in Yvoire.

Yvoire is 'n prentjiemooi middeleeuse dorpie aan die Franse kant van die *Lac Léman* (andersins bekend as die *"Lake Geneva"*) en beslis iets om te ervaar as mens jouself in hierdie deel van die wêreld bevind. Die dorpie, bekend as die *"Pearl of Lake Geneva,"* dateer terug na onveer die veertiende eeu toe en is 'n groot toeriste attraksie gedurende somers. Dan tros die hangende Geraniums in 'n prag van kleure uit die vensterbank blombakke – 'n skouspel waarvoor Yvoire reeds met die *"International Trophy for Landscape and Horticulture"* bekroon was.

Maar die blommeprag is nie al nie, die kunswinkels en gallerye wemel, die restaurante en straatkafees is vol gesellige besoekers, die glasmakers en ander handwerkers spog met hulle produkte, en die geur van roomys en wafels trek deur die straatjies en gangetjies. As jy jou oë uitvee moet jy spring om nie jou stoomboot terug na Genève te verpas nie. Om dit te voorkom het ons sommer direk na werk met die motor gegaan en gevolglik kon ons na hartelus ronddrentel voordat ons by die *Hotel Restaurant Du Port* moes aanmeld vir aandete.

Dit was omtrent 'n groot ervaring vir Johan en ek het geskater oor sy opmerkings en kommentare. Toe ons nog boonop 'n uitsig-perfekte tafel op die terras kry, het hy hom verheug oor sy uitsig oor die lieflike meer met sy historiese kasteel op die oewer en die sneeupieke van die berge in die agtergrond.

Hy was in 'n staat van behaaglikheid toe die kelner opdaag om ons bestellings te neem. Trouens, hy het beswaarlike notisie van die kelner geneem. Ek het toe maar die onderhandelinge in my geradbraakte Frans gedoen en met groot moeite Johan se aandag gekry om darem net toe te stem tot die aanbevole spesialiteits-dis-van-die-dag as hoofreg.

"*Wat is die aanbeveling*" vra hy toe hy uiteindelik besef ek gaan nie ophou karring voor ek 'n antwoord uit hom kry nie.

"*Dis eend*" sê ek.

"*Dis reg*" sê hy, en daar gly sy oë weer reg verby my oor die water in die rigting van die kasteel.

Ek torring weer "*hoe wil jy hom gedoen hê?*"

Sy oë draai geïrriteerd in my rigting en half vererg vra hy "*nou wat meen jy hoe wil ek hom gedoen he – dis mos 'n eend!*"

Teen die tyd het ons toe ook die aandag van die tafels om ons en dit was een van daai gevalle waar jy beslis nie nodig gehad het om die taal te verstaan om die humor van die situasie te snap nie.

Ek probeer weer. "*Jaaaa Johan, maar soek jy hom 'medium rare', of 'medium', of ….*" maar voordat ek nog my sin kon klaarmaak, en ek kan dit werklik nie anders beskryf nie, toe "*recoil*" hy letterlik in "*horror*" en sy oë weerspieël twee groot pienkrou plaashoenders.

LOUISE VAN GREUNEN

In skok oor die blote gedagte bulder hy, met 'n baie sterk Afri-
kaanse aksent, veral op die er'e, vir almal wat ore het om te hoor:
"well done!!, in fact, VeRRy, VeRRRy, well done!!!"

"ŒUF" OF "AIL"

Relatief kort nadat ek in Genève aangekom het moes ek iemand van Suid-Afrika onthaal en nêrens was meer ideaal as die pragtige Yvoire aan die Franse kant van die *Lac Léman* ("*Lake Geneva*") nie. Dit was vol somer en Yvoire het gekreun onder 'n blommeprag – trosse hangende Geraniums wat behoorlik in golwe uit die vensterbankpotte gestort het, Tulpe waar jy kyk en sommer net blomme van elke geur en kleur. Ons was baie gelukkig om sonder te veel moeite 'n tafeltjie by 'n Italiaanse Pizzeria vir 'n vinnige middagete te kry.

Met my karige Frans neem ek toe die spyskaart en begin vertaal terwyl ons monde water vir die heerlike knoffel, origanum en ander pizzageure wat elke nou en dan by ons verbykom. Met taamlike inspanning het ons toe uiteindelik genoeg inligting en besluit dat ons 'n enkele pizza sou wil deel, maar dat ons darem graag net so 'n bietjie knoffel ook oor die pizza gesprinkel sou wou hê. Dit klink nie te moeilik nie en, buitendien, ek het net die vorige week in die Franse klas terloops gehoor wat knoffel in Frans was. Dit was so 'n kort woordjie en ek was vol hoop dat ek die woordjie sou herken as ek hom sien. Dit was juis toe dat die kelner skielik reg langs ons staan om gou die bestelling te neem.

Met groot bravade trek ek weg in my geradbraakte Frans en met hande wat sonder ophou beduie maak ek hom verstaan dat ons slegs een pizza wou hê; dat dit asseblief op twee borde moes wees; en dat ons 'n klein porsie knoffel ook op die pizza wou hê. Dit was presies by daardie laaste puntjie dat die babelse verwarring ingetree het.

"Comment???" uiter hy in skok met 'n stem wat so 'n paar toon-hoogtes styg.

Deksels, wat is knoffel nou weer? Ek wys met my duim en voorvinger so twee sentimeters uit mekaar dat wat ons op die pizza wil hê so 'n kórt woordjie in Frans is.

"Quoi??" weergalm dit terwyl hy my met koeëlronde oë aanstaar. Nou raak dit 'n krisis, besef ek.

"Wag," sê ek vir my gas in Afrikaans, *"ek het 'n plan, ek sal die woord-jie herken as ek hom sien"* en met die ruk ek die spyskaart oop en my oog val sommer dadelik op 'n kort woordjie.

"Kyk" sê ek vir die kelner en wys met my vinger na die woordjie in Frans. *"Jy vat hierdie* (en ek tik my vinger op die woord 'œuf') *en jy sprinkel dit* (en ek wys soos mens sout tussen jou duim en wysvinger sou neem en sprinkel dit deur die lug in die rondte op 'n denkbeeldige pizza) *et voilà, dan het ons knoffel op die pizza!"* Baie selfvoldaan glo ek dat daar nou geen verdere twyfel oor die spulletjie kan wees nie en leun terug in my stoel – die bestelling is geplaas.

"Madam," hak hy af in perfekte Engels, *"much as I would love to do so, it would simply not be possible* (nou sprinkel sy hand ook oor dieselfde denkbeeldige pizza) *to sprinkle a raw egg over your pizza. I could, however, if you so wish, add some garlic to your pizza."*

DIE KORONA

Hier het ons, in 2020, om dit sagkens te stel, 'n globale tammeletjie op hande. Wie sou nou ooit kon vermoed dat so 'n onsigbare pes in ons leeftyd sou manifesteer en binne etlike maande grootskaalse verwoesting sou saai? *"Ons het!,"* kondig van die wetenskaplikes op BBC aan, *"ons waarsku al vir jare teen so 'n moontlikheid, maar dit het op dowe ore geval!"*

Intussen, so met die Korona saam, het ons die dieper betekenis van fopnuus en dataoorlading leer ken. Dit het behoorlik gegons en na die eerste fase van totale skok, en die geskarrel en vuisgevegte vir witgoud om 'n leeftyd se boude af te vee, toe raak die mense baie slim en kort voor lank groei die pag van Korona kennis en insig.

"Ja-nee," reken een, *"hierdie virus diskrimineer nie, kyk nou maar vir Prince Charles en vir Boris."* *"O ja,"* reken 'n ander, *"maar as daar nou een ding is waarvan hy nie hou nie, dan is dit nou juis van die hitte."*

So hoor ons toe stories oor Korona se etniese en demografiese voorkeure, en sosio-ekonomiese faktore reg vanaf die broodlyn tot by vetsug, en nou weet ons alles van maskers of nie, konkoksies en remedies af. Die humor moes uithaal om by te bly, maar so vinnig soos wat Trump sy gewraakte woorde oor die inspuiting van bleikmiddels op 'n perskonferensie geuiter het, so vinnig was die kitsboodskap met die *TRUMPSPRITZ*-wenresep reeds reg om die wêreld.

As die Amerikaanse President in die arena kon afdaal, dan kon die evangeliste mos nie agterbly nie. Nadat Europa reeds vir 'n goeie twee tot drie weke onder streng inperkingsmaatreëls geplaas was, kom die breeknuus dat Suid-Afrika met grendeltyd gaan volg. Vars op die hakke van daardie aankondiging klingel die blitsboodskap reeds op my foon op 'n heel ander kontinent:

"How Prophetic is this? The Government arranged lockdown from 26 March 2020 and the Bible verse Isaiah 26:20 says 'Go home, my people and lock your doors! Hide yourself for a little while until the Lords' anger has passed. Isn't that Amazing? Time for reflection!!!"

Nou hoe interpreteer mens hierdie "profetiese" boodskap? Dalk is die Bybel dan tog, na alles, net vir Suid-Afrikaners geskryf, want die "26:20" het nêrens anders profetiese aanklanke gevind nie. Toe, so tussen die lyne, met die BBC News wat blêr, verstaan ek die onderliggende boodskap van vergifnis en hoop: *"the Lord"* is dan klaarblyklik nie meer kwaad vir die Sjinese nie, want daar hoor ek op die nuus dat hulle beperkings reeds opgehef word!

In Frankryk, na 'n warboel van instruksies vanaf die hoogste vlak, was die deur wyd oop vir 'n Franse komediant om die verwarrende instruksies as sulks op te som (my vertaling):

- *"Maskers dien absoluut geen doel nie, maar hulle kan gedra word om ander te beskerm, en hulle mag verpligtend word.*
- *Winkels sal gesluit wees, behalwe die wat sal oop bly.*
- *Handskoene dien geen besondere doel nie, maar hulle moet liefs gedra word.*
- *Almal moet tuis bly, maar dit is ook baie belangrik om uit te gaan.*
- *Indien die virus opgedoen word, mag dit altemit sonder enige sigbare simptome wees. Maar mens mag dalk ook simptome hê, sonder dat jy siek word. En mens mag aansteeklik wees, sonder dat jy simptome het.*
- *Dit is streng verbode om naby bejaardes te kom, maar hulle moet goed versorg word.*
- *Om die Korona dodesyfer te bepaal is nie nuttig sonder om te weet wat die infeksiesyfer is nie. Maar dit dien geen doel om oorledenes vir COVID te toets nie. Gevolglik, aldus President*

> *Macron, moet slegs diegene wat siek is getoets word, alhoewel die meeste van hulle waarskynlik A-simptomaties sal wees. Maar hulle is hoogs aansteeklik.”*

Voilà! Ek hoop dit was nuttig!

Soos die poel van kennis oor die Korona groei, en die kenners mekaar weerspreek oor maskers en die trefwydte van niessproei, sal jy nou later begin wonder wat Korona nou eintlik sal wil eet en wat nie, en waar hy sou verkies om te gaan sit, en waarom hy nou juis op die gesigmasker gaan nesskop, en nie op jou klere nie. Soveel mense, soveel menings, en niemand ken die omvang van die “nuwe normaal” wat op almal se lippe is nie.

Soos die alomteenwoordige Korona letterlik gestalte in ons lewens begin kry, stuur 'n goeie vriend vir my 'n blits video-snitjie met die laaste stukkie van die legkaart. Ek het weer en weer gekyk. Daar buite in die tuin vra die kêrel wat die pesbeheer doen vir die Oompie wat hom uitgeroep het om te kom gif spuit:

“en hoe erg is die virus hierso?”

“Man, jy kan die virus sien … hy is so ligrooierig … jy sien hom staan so in die yard in” antwoord die Oompie met beide hande wat rondwys en sy oë volg sy hande soos hy wys.

“En wanner was daai” vra die pesbeheerder.

“Dit was Saterdag, so erg was die virus” en die hande wys so regoor die erf.

“Nou maar dan is dit goed ons spuit nou.”

“Ja dis goed.”

FOPNUUS

As daar nou een ding is wat hand-aan-hand met die tragiese Korona pandemie loop, dan is dit nou juis fopnuus. Dit is Sjinese dokters en Amerikaanse professors, en dis die en dis daai, en die een weet beter as die ander oor waar die virus vandaankom en hoe, waar en wanneer hy beveg moet word. Dit is *"Korona vir Dummies"* hier, resepte teen Korona daar en so leer jy van vlermuise, slange en G5 torings sommer alles in een gesprek.

Dit was juis toe ek so onder huisarres rondsit dat my telefoon klingel en daar ontvang ek n video-snitjie van net mooi alles behalwe dit was wat die arme premier van Skotland, Nicola Strugeon, inderdaad gesê het. Ek het net die vorige dag aandagtig na haar op BBC gesit en luister en kyk nou net hoe was daai berig verdraai! Soos blits antwoord ek met hoofletters en 'n uitroepteken aan die einde: "FOPNUUS!" Ek ken fopnuus as ek dit sien.

Dit was nie tien minute later nie, toe klingel die foon weer en daar kry ek n boodskap van my liewe vriendin, Annette du Plessis, wat my laat skater het. Dis 'n foto van 'n stokou advertensie, seker van die vyftigerjare as ek so na die dames se klere en hare kyk. In groot vet letters staan daar toe **"*WASH AWAY FAT AND YEARS OF AGE*"** en toe bietjie kleiner **"*With La-Mar Reducing Soap.*"**

Op die prentjie langs die beriggie oor die wonderlike *"new discovery"* staan daar toe drie dames in wat ek sommer as "trappe van vergelyking" kan beskryf. Hulle staan langs die woord **"*REDUCE!*"** wat met 'n letter "R" agter in die prentjie begin, reg langs die molligste dame. Dan loop die letters vorentoe en eindig in soortvan 'n crescendo met 'n uitroepteken langs die laaste "E" by die voorste dame. Die dikketjie reg agter het 'n strak gesigsuitdrukking gehad, maar soos mens vorentoe kyk was die middelste dametjie reeds opvallend skraler, en noodwendig ook effe vriendeliker. Die kroon van die produk se sukses was verbeeld in die stralende gestalte van die voorste dametjie met haar fietse lyfie en groot glimlag. Sy het oorwin en die REDUCE lê reeds agter haar. So deur my gelag oor die wolhaarstorie, gaan my gedagtes terug na 'n baie inkriminerende staaltjie wat ek met groot moeite, sonder benadeling van regte, gaan vertel.

Die ydelheid tog, gelukkig word mens darem groot. Nou praat ek van die tyd wat van 'n puisie tot 'n gebreekte nael monsters was, en ongeag hoe skraal jy was, jy in jou eie oë altyd te vet was. Teen daardie agtergrond was dit heel normaal om van elke denkbare en ondenkbare verslankingsopsie en kuur te weet. Die verkoopspersoneel het mens sommer op 'n myl sien aankom as 'n moontlike teiken vir 'n blitsverkopie. En so, in 'n modieuse nommer 10 noupypbroekie, 'n eenskouertoppie en hoë polvye stap ek toe ook op 'n mooi dag by 'n gesondheidswinkel verby en daar sien ek 'n advertensie van die nuwe produk om letterlik die vetjies weg te smelt en dit sommer terwyl jy bad. Gesondheidswinkel, wag, ek lees weer.

Dis toe dat die verkoopsdame uitstap en my hartlik ingenooi het vir meer inligting oor die wonderproduk. Met my volle aandag op haar gerig neem sy 'n piepklein, 6 cm lange, essensiëleolie botteltjie in haar hand en begin my vertel van als wat daardie kombinasie van druppeltjies kon doen. *"En"* sê sy, *"al wat mens hoef te doen was net om 'n lekker warm bad te tap, ses druppeljies in te gooi, en dan in die water te ontspan terwyl die druppeljies die vetjies wegsmelt."* Nou hoe moeilik kan dit nou wees?

By die huis gekom kon ek nie gou genoeg alles wegpak om by die bad uit te kom nie. *"En nou,"* vra die eks, *"as jy so jaag?"* Ek sê *"Poi, nóú gaan ek maer word"* en in een beweging is die botteltjie uit die handsak en geknyp tussen wysvinger en duim wapper ek die klein botteltjie voor hom rond.

Hy kyk na die botteltjie, hy kyk na my, weer na die botteltjie, sy gesig die ene vraagtekens. "*Nou hoe gaan daai klein botteljie jou maer maak*" vra hy. Ek sê "*maar dis maklik, ek tap 'n heerlike, groot, bad vol warm water, gooi ses druppeltjies in*" en voordat ek nog my sin kon klaarmaak, toe sê hy "*en dan drink jy seker die badwater!*"

SMOKKELKOP

Die Bybel se mos *"laat dit wees volgens jou geloof."* Ek wonder al vir baie jare daaroor. Kan dit waar wees? Kyk nou maar na "*placebos*." Dit het altyd my verstand te bowe gegaan dat daar 'n hele industrie vir suikerverglansde foppilletjies is – dokters kan ewe maklik die verneukertjies voorskryf vir enige pyn van jou kop tot by jou tone. Werk dit dan regtig? En met die Korona huisarres het mens mos meer tyd as gewoonlik om oor diesulke vrae in jou agterkop na te dink. So skrik ek my letterlik terug na die werklikheid toe my foon my daaraan herrinner dat my broerskind se vrou, Mariaan, verjaar.

Die tweetjies woon tydelik, deur die genade van my broer en sy vrou gedurende hulle afwesigheid, in 'n groot gedeelte van 'n praghuis aan die bo hange van die Tygerberg - met 'n uitsig oor Tafelberg, die Kaapse Skiereiland en selfs tot verby Robbeneiland as jou blik nou so oor die Atlantiese osean begin gly. Die sprokiehuis en omgewing was een ding, maar die kontantvloei heeltemal 'n ander en die twee doen hulle bes om hulle talente in rande en sente om te skakel.

Toe Korona se inperkings 'n eerste klop aan die deur kom gee het die twee, soos meeste ander mense, onmiddellik die nodigste gekoop en, natuurlik, darem ook 'n paar biere en 'n wyntjie of twee vir die drie weke wat voorlê. Maar toe word die periode mos verleng en die President hou voet by stuk: alkohol is *nie-noodsaaklik* en die huisarres gaan voort daarsonder! Die wet is die wet, en almal weet dat die wetstoepassers die inperkingsmaatreëls met mag, mening en entoesiasme sal toepas. Dit wys mens darem waartoe die Mag instaat is as daar politieke wil is.

Terug by die twee jonggetroudes met 'n verjaarsdag op hande en aan hulle kant van die groot huis was daar sowaar nie eers 'n botteljie Lennons wat aan alkohol herrinner het nie. Toe ek uiteindelik bel met al die nodige gelukwensinge, sê Mariaan: *"Tannie, ons bak 'n koek vir my verjaarsdag! Ons het nog nooit saam 'n koek gebak nie en die sal ons dan op die terras gaan geniet, met 'n koppie tee. Kan Tannie dit nou glo?!"*

Nee, ek kon werklik nie. Dat hulle op die terras die verruklike sonsondergang sou sit en beskou met 'n bier of 'n wyn in die hand, en sou besin oor hoe hulle gaan woeker om hulle ekonomiese vooruitgang 'n hupstoot te gee, kon ek beslis goed glo. Maar dat hulle dit sou sit en doen oor 'n sjokolade koek en 'n koppie tee vir haar 40ste verjaarsdag? Nee, beslis nie! Hierdie is mense wat toe hulle getrou het, mens plegtig na die huwelik *"van 11 to 13 Maart"* genooi het. As hulle kuier, dan kuier hulle.

So sit ek toe hier in Genève, waar alkohol gelukkig nie as 'n boetelammetjie aan Korona geoffer is nie, en uit die liefde van my hart drink ek toe maar namens hulle 'n knertsie op die belangrike verjaarsdag.

Twee dae later klingel die foon en daar is 'n kitsklets stemboodskap van die verjaarsdagdametjie af:

"Tannie gaan my nou nie glo nie, nê, ek was so opgewonde op my verjaarsdag en het so baie oproepe gekry en so baie liefde van almal af en toe hier in die aand toe kry ons 'n borrel bubbles in my skoonma se yskas, wat ons toe nou pop en ons sing en gaan tekere en hoorie, ons het omtrent 'n lekke partie gehad op daai bubbles en toe die volgende dag toe ek my skoonma daarvan vertel toe sê sy vir my 'hoorie maar Mariaan, dit was dan nie-alkoholies!'

HUMORSIN

Ek was seker so vir 'n jaar of twee in Genève toe 'n besoekende landgenoot op 'n dag sê: *"die Switsers het geen humorsin nie."* Stilte.

"Nou hoe kan jy dit sê" vra ek, *"jy woon dan nie eers hier nie."*

Met 'n *"ek weet waarvan ek praat"* was die gesprek toe afgehandel, maar ek was nie oortuig nie, veral nie as ek "getuienis tot die teendeel" raakgeloop het nie.

Die getuienis het stadig maar seker hier aan die Franse kant van Switserland begin manifesteer. Ek het vinnig besef dat die basiese oorlewings-Frans wat mens in die taalskool geleer het onvoldoende was om die meesterlike woordspelings en humor van die Franssprekendes te snap nie. Verdermeer was die spreektaal deurvleg van slengwoorde en sonder daardie kennis was mens bitter vinnig verlore en daar was geen kans om by die humor van die taal uit te kom nie. Dit was eers nadat ek 'n boek "*The Complete Merde!*" ("*Real French You Were Never Taught at School*") raakgeloop het, dat die sleng in plek begin val het en toe, bietjie-vir-bietjie, het die humor begin deurbreek.

Dit was 'n stappie vorentoe, maar daar is slegs ongeveer twee-en-twintig persent van die plaaslike bevolking wat Frans praat, terwyl 'n goeie drie-en-sestig persent Swiss-Duits sprekend is. As hulle Hoog-Duits praat kan mens met Afrikaans in die agterkop hier en daar 'n woordjie of wat optel, maar slaan hulle oor na Swiss-Duits toe, dan klap die ongeoefende oor soos 'n skulp toe en jy het nie 'n halwe kans om te weet waaroor daar gelag word nie.

Die Korona virus het beslis nie gehelp om die *"Röstigraben"* (*'n humoristiese term wat verwys na die kulturele grense tussen die Frans- en Duistsprekende dele van Switserland) te oorkom nie. Sedert* Maartmaand het Korona ons, by wyse van spreuke, tot 'n mindere of meerdere mate op ons plekke gehou. Kort voor lank was die Europese Swartkruitkampioenskappe in Italië afgestel en verdermeer het daar nie 'n enkele nasionale skietkompetisie gedurende 2020 plaasgevind nie. In kort, daar was bykans geen inter-kantonale sosiale kontak nie.

Teen dié morbiede agtergrond lui my telefoon toe op 'n dag en daar was een van die Swiss-Duitse skietgenote op die lyn om persoonlik na my welvaart te verneem. Die gesprek was nie sonder sy uitdagings nie, want hy praat net Duits, maar hy was darem gaaf genoeg om Hoog-Duits te gebruik. Wat ek gelukkig al teen dié tyd geleer het, was dat mens nie noodwendig dieselfde taal hoef te praat om mekaar te verstaan nie. Kort voor lank was dit 'n oor-en-weer vernemery na almal se welstand en die skietverwagtinge vir die nabye toekoms, en toe sommer 'n geselsery oor die ekonomie, politiek, die Korona en so aan.

"Ja," sê ek mettertyd in my geradbraakte Duits, *"die COVID-besigheid doen my gladnie goed nie." "Hoe dan"* vra hy. *"Laat ek dit so verduidelik,"* ploeter ek voort, *"jy sal dit nou nie glo nie, maar as ek in die spieël kyk voel dit vir my ek staar 'n totale vreemdeling in die gesig."*

"Maar ek verstaan al te goed wat jy bedoel" antwoord hy. *"Trouens, ek het presies dieselfde ondervinding, dit is net heelwat erger as in jou geval."*

Nou waarom sou hy dit sê, gaan dit deur my kop. Ek sien geen rede waarom dit vir hom soveel erger as vir my moet wees nie.

"Nou maar waarom dan so" vra ek versigtig. *"Want,"* sê hy, *"nie net staar ek elke oggend 'n vreemdeling in die gesig as ek in die spieël kyk nie, ek moet hom nog skeer ook!"*

DIE VOGGIES –
'N TRILOGIE

Die spreekwoord sê mos *"is die wyn uit die kan, dan is die wyn in die man."* Dit is dan as daardie wyn begin gesels, dat jy met 'n heel ander tipe logika te doene kry.

Op 'n keer skakel ek iemand om haar met haar verjaarsdag geluk te wens. Wat ek egter nie geweet het nie, was dat dit presies die oomblik was waarop sy sak en pak by haar man weg was. Sy was net mooi op die snelweg toe my oproep deurkom. Kyk, sy was kwaad, maar so kwaad dat ek nie eers my verjaarsdagwense kon inkry nie. Dit was letterlik soos 'n damwal wat gebreek het en so moes ek toe hoor dat die bron van al die kwaad uit nêrens anders as die bottel kom nie.

"Ja" sê sy, *"en toe ek vir hom sê hy het 'n drankprobleem, toe ontken hy dit! En weet jy wat sê hy toe?"*

Nee, ek sou nie weet nie, maar sy wag toe ook gelukkig nie vir spekulasies van my kant af nie.

"Hy sê 'ek het gladnie 'n drankprobleem nie, net 'n bietjie van 'n moderasieprobleem'."

Dit was nie die regte oomblik nie, maar ek moet bieg dat ek uitgebars het van die lag. Bid jou dit nou aan! Tog, is dit nie juis daardie "te" wat agter moderasie-verwante gedragspatrone sit nie? Die waarheid het inderdaad verskeie vorme.

***

Dit laat my toe dink aan 'n baas wat ek op 'n keer gehad het. Hy het gegooi, kyk, en hoe meer hy gegooi het, hoe slimmer het hy geword. En as hy eers slim was, dan het hy begin rondloop ook. So het dit skynbaar al vir jare gegaan. Sy slimmigheid en rondlopery het toe egter 'n splinternuwe hupstoot gekry in die vorm van een van die nuwe enkellopende dames wat daar begin werk het. Soos klokslag het een van ons manlike kollegas in die laatnag 'n oproep van die baas se vrou ontvang om hom asseblief te gaan haal, want sy het presies geweet waarmee hy doenig was.

So vertel die kollega na nog een van sy nanagtelike ekskursies om die baas by die huis te kry. *"Daar gekom moes Mevrou toe help om die baas by die huis in te sleep en toe besef ek, vannaand het Mevrou haar versadigingspunt bereik, sy kon hierdie gemors nou net nie meer vat nie."*

Hy verduidelik hoe hulle die baas uit die kake van alkoholvergiftiging probeer dokter het en toe hy 'n ruk later darem weer min of meer begin bykom het, toe sê Mevrou: *"so kan dit nie aangaan nie, hoor jy my?! As jy wil hê dat hierdie huwelik moet voortgaan, dan is my voorwaarde hard en duidelik* [met klem op elke woord]: *jy-steek-daardie-vrou-in-die-pad!, verstaan jy my nou baie mooi?"*

En, vertel die kollega, die baas kyk sy vrou aan asof hy haar vir die eerste keer sien, *huk*, kry 'n frons op sy gesig, *huk*, en toe, oënskynlik in sy eer gekrenk en heel verontwaardig antwoord hy na nog 'n *huk*: *"disch-ie my gewoonte om innie pad te schteek-ie."*

***

As mens nou eers oor hierdie tipe stories begin praat, dan het almal 'n ietsie om by te voeg. So vertel iemand van haar ma wat 'n verpleegsuster was en een oggend, aan diens in ongevalle, kom daar 'n knaap aan. Hy was skoon anemies gebloei, met glasstukke in sy boud.

Toe die kêrel darem eers weer in 'n toestand was om te praat, vertel hy hoe hy die vorige aand met 'n goeie lyf afgesit het huistoe.

Die laaste bietjie voggies was in 'n nippie-botteltjie in sy gatsak. Voor hy egter by die huis aangekom het, slaan hy agteroor, die nippie breek, en hy strompel voort met glasskerwe in sy agterwêreld.

By die huis gekom het hy darem die teenwoordigheid van gees gehad om die skade te probeer vasstel in die spieël en toe so agterstevoor, al loerende in die spieël, het hy met groot moeite die pleister oor die wonde geplak gekry en op die bed neergeval.

Dit was eers die volgende oggend, toe hy in 'n bebloede bed wakker geword het, dat hy deur die dranknewels, met 'n groot pyn in sy agterstewe, van die wonde onthou het. Baie versigtig, voel voel, stel hy vas dat die pleister nie meer op sy agterwêreld was nie.

"Maar ek het dit beslis op my boud geplak" vertel hy. En met die gesoek na die pleister vang sy oog die spieël en toe verstaan hy alles van optiese illusies. Daar, lewensgroot, presies boudhoogte, sit die pleister mooi netjies op die spieël geplak!

'N RAAKVAT WOORDJIE

Jare gelede het my pad gekruis met die van 'n kollega met die naam van Mari. Sy was intelligent en vrolik. Gedurende een van ons gesprekke vertel sy my toe van die ding wat met haar ma gebeur het.

Die skool het 'n toer vir die kinders gereël en die nuwe Engelse juffroutjie sou in beheer van die dogters wees, maar sy het hulp nodig gehad. Mari se ma het aangebied om te help en daar trek die gepakte bus weg wildtuin toe.

By die wildtuin gekom was dit omtrent 'n gedoente om al die opgewonde kinders in kamers te plaas, hulle te laat stort en nadat almal geëet het was hulle reguit kamers toe gestuur. Die volgende oggend sou hulle sommer douvoordag wegtrek.

Nadat daar uiteindelik stilte neergedaal het, besluit die onderwysers om self gou iets by die restaurant te gaan eet. Mari se ma bied toe aan om 'n ogie oor die kinders te hou en nie te lank daarna nie kom 'n dogter by haar aanklop om te sê dat haar maatjie nie lekker voel nie.

Daar aangekom vind Mari se ma dat die kind bietjie koorsig was en sy gaan haal die medisynekassie, waar haar oog op 'n *paracetamol* setpil vir kinders val. Nadat sy dit toegedien het was die dogter inderdaad in 'n japtrap heelwat beter en oomblikke later vas aan die slaap.

Na die ete besluit die Engelse juffroutjie om allereers gou 'n draai by Mari se ma te maak net om te verneem of alles vlot verloop het. Dit was toe waar die probleem inkruip, want Mari se ma het vele talente gehad, maar Engels was nie een daarvan nie.

"*So how did it go*" vra juffroutjie.

"*Well*" begin Mari se ma en raap en skraap genoeg Engels bymekaar om te vertel dat die kind koorsig was, maar dat sy vinnig beter was en nou rustig slaap.

"*So what did you do*" vra die juffroutjie nou baie verlig dat die kind beter is.

"*I gave her .. a ...*(wat op aarde sou 'n setpil in Engels wees??) *.. uh .. I gave her ...* (speel sy vir tyd terwyl sy die woord soek en toe breek die lig deur. Maar natúúrlik, nou onthou sy, en met 'n sug van verligting en 'n groot glimlag deel sy die inligting met die juffroutjie) *I gave her an upholstery!*"

S[CH]IEBERT

Ek praat onlangs met my niggie, Lettie. Mens doen haar eintlik heeltemal te kort om net te sê dat sy intelligent, kunstig, pragtig, en prettig is. Sy is 'n merkwaardige vrou. Lettie was, tot en met sy dood, getroud met Siebert. Maak nou nie saak waaroor mens met haar praat nie, die gesprek sal beslis nie eindig voordat Siebert nie eers gou deel daarvan geword het nie.

Siebert was 'n man waaroor 'n mens sommer boeke vol kon skryf. Hy kon hy ewe maklik die hoofrol in enige Hollywood film gekry het. Maar so groot, dinamies en aantreklik as wat hy was, so min disrespek, teenkanting of ongehoorsaamheid het hy geduld.

Ek onthou die keer, jare terug, toe ons gou saam met hom en sy vier seuns op hulle supermotorfietse vir 'n ontbytritjie gegaan het. Siebert het voor gery – met my agter op die saal wat al biddende aan hom vasgeklou het. Siebert het geen vrees vir spoed gehad nie en hy het die spoedmeter van heel links tot heel regs laat opskiet. Hý het die pas aangegee, en toe Christian met sy pronkpoppie styf teen sy rug ingewurm wou waag om tot langs hom te kom, toe wapper Siebert se arm amper uit potjie soos hy vir Christian teruggewaai het agtertoe. Die knape se bruisende testosteroon het hom beslis nie geïntimideer nie. Trouens, niemand het nie.

So vertel nig Lettie nou-die-dag, toe ons aanvanklik oor heeltemal iets anders begin praat het, kom daar toe destyds 'n nuwe dametjie, Tessa, by hulle in die fabriek werk as Siebert se sekretaresse. Hulle het die wonderlikste kleipotte gemaak wat oral pronk, tot selfs in die Verlorestadpaleis by Sun City. Met die intrapslag was Tessa direk na Siebert se kantoor geneem waar hy toe galant opgespring en homself aan haar as *"S[ch]iebert, aangenaam,"* voorgestel het. Met 'n *"aangenaam oom Schiebert"* is Tessa daar uit om haar pos op te neem.

Siebert het valstande gehad en die *ch*-klank was altyd warm op die hakke van al sy s'e. Dit was natuurlik nie iets waaroor mens gepraat het nie, maar vertel Lettie, hy het haar op 'n keer gevra of hy *"sch,"* maar vroompies sê sy toe *"eintlik net as jy vir Moses roep .. uh .. jy weet ... Mooooschesch."*

Nou kan mens jouself net voorstel wat deur Siebert se kop moes gaan. Hy was nie gewoond aan wat nou so pas daar gebeur het nie. Sy noem hom oom *S[ch]iebert!* Maar in 'n gees van verwelkoming het hy dit toe maar oor die skouer gegooi, maar wat hom regtig begin krap het, was dat sy sowaar as vet daarmee aangehou het. So kon dit nie aangaan nie.

"Luischter Tesscha" sê hy nou hoogs onthuts en beklemtoon elke woord, *"my naam isch Schiebert en nié S[CCHH]iebert nié!"*

"Ek weet oom Schiebert" antwoord sy skaam.

Daar doen sy dit weer! *"My naam isch S[ch]iebert en nie S[CCH-H]iebert nie, ek schê net S[ch]iebert omdat ek valschtanne het, maar my naam isch S[ch]iebert, verschtaan jy?"*

"Ja oom Schiebert" antwoord sy pleitend, *"ek verschtaan al te goed, maar ek het ook valschtanne!"*

ALTYD 'N ANTWOORD

My ma was 'n slim vrou met 'n sterk persoonlikheid. Praat sy, dan was dit met gesag en "nee" was nie vir haar 'n antwoord nie. Maar sy was ook 'n regte platjie met 'n uitstekende sin vir humor en altyd met presies die regte antwoord op die punt van haar tong. Ek was, byvoorbeeld, seker so in my middel tot laat veertigs toe ek op 'n keer by haar gaan kuier het en daar was dit toe skielik yskoud. Ek was net te dankbaar toe sy vir my 'n trui aanbring. Met die aantrekslag, net toe my hand so by die mou uitkom, val my oog op my hand en uit verbasing oor die sigbare tekens van die jare sê ek: *"jinne Ma, ek sou nou sweer dit was ma se hand wat hier by die mou uitgekom het!"* "Ja" antwoord sy en kyk af na die ouderdomsblommetjies en plooitjies op haar eie hande, *"ek verstaan presies wat jy bedoel, want toe ek vanoggend my trui aangetrek het, toe sien ek jou ouma se hande deur die moue kom."*

Sy was op die kruin van haar goue jare vir 'n verdere vyftien jaar en toe, op die ouderdom van vyf-en-tagtig, toe spiraal sy, sommer oornag, van sterk en onafhanklik tot bedgebonde vir die nege maande wat haar afsterwe voorafgegaan het. Wat ookal met haar diagnose en behandeling verkeerd kon gaan, het verkeerd gegaan. Sy het letterlik deur een noue ontkoming na die ander geworstel om, soos sy verduidelik het, *"nog 'n bietjie tyd met my kinders te spandeer."*

Pas terug in Switserland moes ek weer inderhaas terug Suid-Afrika toe en dit was met groot deernis dat ek na die doodsbleek gesiggie en die ou lyfie, wat al hoe kleiner word, gekyk het. Daar langs haar bed, in 'n warboel van emosies, neem ek haar koue handjie in myne en staar deur my trane na die blommetjies en plooitjies.

Skielik voel ek so jammer vir beide van ons toe ek, reeds in my herfsjare, met nòg kind nòg kraai, kyk hoe haar lewensliggie net effe fladder soos 'n kerspit wat sy allerlaaste flikkering maak. Oorweldig deur die emosie van die oomblik begin ek maar met haar praat; of sy my kon hoor of nie het nie saak gemaak nie.

"Ai ma," sê ek *"ek hou nou sommer ma se hand vir ons altwee vas, want as ek eendag by hierdie stadium gaan uitkom gaan daar niemand wees om my hand vas te hou nie."*

Toe, so getrou aan haar aard, sonder om eers te dink, kom die spitsvondige antwoord in 'n prewel oor haar doodsbleeklippies: *"miskien moes jy 'n bietjie eerder daaraan gedink het."*

SOOS HULLE JOU KROON, SO SAL HULLE JOU KRUISIG

Nou praat ek oor ouer broers. En myne was beslis nie anders nie. Dit was sommer van kleintyd af dat ek aan die spreekwoordelike agterspeen moes suip en my plek moes ken. Hy was mos darem die oudste en eersgeborene en wie anders as hý moes van alles die beste kry, voor sit as daar gery word, en so kan ek aangaan. Speel ons, dan was hy alles wat belangrik was en ek moes die nodige respekte betoon en hande klap waar 'n skare nodig was. Daar is selfs 'n Afrikaanse gediggie oor hierdie hofwaardigheid van 'n ouer broer, trouens, my ma het dit gereeld vir ons voorgedra as ek my lot in trane by haar gaan bekla het.

Maar dan, wanneer hy sy plek moes volstaan as broer en man in die huis, dan het hy homself stewig voor wie ook al die steurnis was geplant en dan het hy met gesag opgetree.

Ek onthou hoe 'n veel ouer hoërskoolkind my op 'n keer met 'n fiets omgery het toe ek maar vyf jaar oud was. Toe ek huilend by die huis aankom met die rompie deel van my ou ingeplooide rokkie wat agter my aansleep, toe gryp hy my by die hand en sy skamele sewe jaartjies oud het vir geen duiwel gestuit nie, en dit sluit toe die gewraakte fietsryer in wat ten minste 10 jaar ouer en baie grooter as hy was.

En in die aande moes hy vir my uit die Kinderbybel lees totdat hy dit naderhand nie meer kon vat dat ek aand na aand net van

Absalom wou hoor nie. Tot vandag toe is daardie prentjie van Absalom wat aan sy hare in die takke hang steeds vars in my geheue. Seker in Braam s'n ook, want hy het dit beslis *ad nauseam* gesien.

Gelukkig het die jare aangestap en kort voor lank was ons beide op verskillende universiteite en daar kry ek 'n geleentheid om van Potch af Kaap toe te gaan om vir hom te gaan kuier. Voordat ek nog mooi uitgepak het en op volle spoed was om voor te berei vir 'n aandjie uit met van sy mede-studente, toe lui die deurklokkie. Met die oopmaakslag kyk ek vas in 'n straatverkoper wat sy groen appels probeer smous en dit was nie onderhandelbaar nie, hy vertrek nie sonder dat hy 'n kis appels verkoop het nie. Ek weer wou hoegenaamd nie appels koop nie en so gaan dit heen en weer totdat ek later in desperasie sê *"ek wil nie appels koop nie en buitendien, jou appels is grasgroen!"* *"Maar mêrim, hulle is maar nes waatlemoene, groen van buite en heerlik van binne"* gaan hy bekkig voort. Toe ons uiteindelik by 'n kompromie uitkom was my broer al knorrig oor ons nou heeltemal laat sou aankom as ek nie dadelik klaarmaak nie. En met *"jaa ja, ek skud net gou die dou van my lelie af"* spring ek weg om klaar te kry en daar gaan ons.

By die partytjie aangekom het ek so 'n tree of twee agter hom ingedrentel en toe ek reg langs hom staan in die deur van 'n vertrek vol mansstudente, toe doen hy die absoluut ondenkbare wat my onder die brullende gelag van die klomp student presies laat verstaan het wat die Bybel bedoel met *"berge val op my, heuwels bedek my."*

"JAMMER ONS IS LAAT" kondig hy uit volle bors aan met almal se oë op ons gerig, *"maar dis omdat my suster eers die dou van haar lelie moes gaan afskud het!"*

BLOED IS DIKKER
AS WATER

Die eerste keer wat ek as volwassene van die bloedband bewus geword het, was tydens my jare in die hof. Ek het fisies en emosioneel verrinneweerde kinders gesien. Kinders wat op die oog af begerig was dat reg en geregtigheid moes geskied, maar male sonder tal, op die dag van die verhoor, dan val die wiele af. *"Ek is jammer tannie, maar ek kan nie getuig nie. My pa is baie lief vir my, hy sal dit nooit weer doen nie, hy het belowe ..."*.

In my eie lewe kan ek letterlik op my een hand tel hoeveel keer ek en Braam mekaar in 'n jaar kontak. Maar dan, as ons die dag gebel of mekaar gesien het, dan was daar geen vervreemding nie. Daar was 'n onmiskenbare bloedband tussen ons.

Wat min mense weet, is dat ons twee halwe broers gehad het. Ouboet en Jannie was gebore uit ons pa se eerste huwelik. Omdat ons ouers geskei was toe ons maar peuters was, het ons daardie broers eintlik glad nie geken nie. Ons het Ouboet en ons pa een aand in 1970 gesien. Daarna het ons vir Ouboet en Jannie in 1975 op ons pa se begrafnis gesien. In die vroeë tagtigs het ek Ouboet nou en dan gesien, maar eers weer vir Jannie op die dag van Ouboet se begrafnis. Dit was in 1986, as ek reg onthou.

Die volgende wat ons Jannie vir 'n paar ure gesien het, was so teen die einde van die 90's. Teen daardie tyd het ons in drie verskillende lande gewoon. Ek het darem, so een of twee maal per jaar, vir Ouboet se seun gesien. Hy het by die lughawe gewerk en ons het dan en wan gou 'n koffie saam gedrink as ek in Suid-Afrika aangekom het.

'n Paar jaar gelede stel Braam my toe aan voëlfotografie voor. Ons was juis vir daardie doel by die Chobe rivier toe Braam noem dat hy kontak met 'n niggie aan my ma se kant het deur 'n familie-groep op Facebook. Hy stel toe voor dat ek ook by Facebook aan-sluit en bietjie kontak met die familie hou.

Dit was juis toe ek dit doen, dat Facebook voorstel dat ek my vriendekring moet uitbrei en so verskyn daar 'n rits mense wat Facebook reken ek moontlik sal ken. Een van hulle, aldus Face-book, was Jannie, en die volgende oomblik kyk ek vas in sy foto op my skerm. Ek was in skok. Waar sou Facebook daaraan gekom het?

Steeds oorbluf maak ek sy profiel oop en val amper op my rug. *"Nooit!"* praat ek met myself, *"hoe geneties is dit? Sy stokperdjie is voëlfotografie!"* Ek was stom geslaan. Daar en dan skryf ek vir hom 'n boodskap:

"My liewe broer, ek weet nie of jy my sal onthou nie, maar ek is jou suster. En raai wat, ek en Braam is pas terug van die Chobe af waar ons fotos van voëls gaan neem het!!"

Enkele minute later:

"My liewe sus, is dit regtig jy?!! Ek kan dit nie glo nie! Ons neem ook kiekies van voëltjies."

Daar en dan besluit ons dat ons (ek, hy, Braam en hulle gades) mekaar die volgende Mei maand, 2017, in die wildtuin sou ontmoet om saam fotos van voëls te neem.

Uiteindelik was dit Mei en daardie ontmoeting was ongelooflik! Alhoewel ons die kere wat ons mekaar in ons lewens gesien het in 'n japtrap kon opnoem, was dit asof ons maar altyd "ons" was. Die bloedband wat ons in ons goue jare bind, is beslis veel sterker as die omstandighede wat ons as kinders geskei het.

LOUISE VAN GREUNEN

Ons het nie tyd om te mors nie: daar is baie "kiekies" wat geneem moet word terwyl ons nog kan!

SHIRLEY

Dis baie moeilik om Shirley te beskryf, want daar is op die oog af bitter min om te beskryf. Kom ons sê maar sy is 'n "vaal muis" dan behoort almal min of meer te weet waarvan ek praat. Nou sal ek beslis nie so ver gaan om te sê Shirley is lelik nie, maar ek sal ook nie so ver gaan om te sê sy is mooi nie. Sy is gewoon, 'n hardwerkende vrou, 'n uitmuntende ma, sy maak haar man gelukkig, sy is 'n dierbare vriendin, sy speel 'n aktiewe rol in die gemeenskap, en vir meer as dit het sy sowaar nie tyd nie. Maar die dag wat Shirley wel haar hare losmaak en agtertoe gooi, dan geniet sy 'n partytjie en almal om haar geniet dit saam. Nou praat ek van niks onbetaamlik nie. Ek praat van 'n spontane vonkel en sprankel wat blooteenvoudig aansteeklik is en dan verdwyn alles wat voorheen so vaal was. Amper soos Aspoestertjie, of dalk sommer Vaalpoesterjie vir ons doeleindes.

Moet nou net nie dink dit gebeur gereeld dat Shirley 'n bietjie uitbreek nie. Miskien een of twee maal per jaar indien so veel. Maar haar uitbreek het nie perke nie en so kuier my broer weer een jaar oor Kerstyd by my en toe ons by 'n oujaarsdagpartytjie opdaag, toe blom hy sommer toe hy weer vir Shirley sien.

Ek het sowaar nie eers gedink hy sou haar van twee jaar terug af onthou het nie! En weereens, so vaal soos Shirley aan die begin van die aand was, so glansend en skitterend was sy soos die aand ontvou het. Op een stadium vlieg sy sommer op terwyl ons nog deur die ellelange Franse spyskaart werk en so in die opvlieg word 'n leë wynbottel 'n mikrofoon en daai Shirley trek daar weg met 'n skouspel wat die Spice Girls na amateurs laat lyk het. In 'n japtrap was almal op en van een oomblik na die ander voel dit asof mens by 'n musiekfees was.

Dis eers die volgende dag dat ek weer oor die storie nadink en dit teenoor my broer noem. *"Tog snaaks"* sê ek vir hom *"dat die vale Shirley so 'n gawe het om 'n partytjie om te tower."*

"Is so" antwoord hy, *"as sy eers wegtrek, dan het sy nie brieke nie."*

"Hmm" gaan ek voort, *"maar sy is so vaal, mens verwag dit amper nie en om nou heeltemal eerlik te wees, haar man is by verre meer aantreklik as sy."*

"Ja-nee" antwoord hy *"en slim daarby."*

"Nou hoekom sê jy dit" vra ek heel verbaas.

"Want," antwoord my broer, *"hy het alles verstaan; 'n vrou hoef nie noodwendig so móói te wees nie, maar sy moet so lékker wees."*

SKATTIE

As *ex-pats* is mens maar net te bly as jou pad van tyd-tot-tyd kruis met van jou landgenote. So kom 'n eertydse Suid-Afrikaanse vriendin se Franse man op 'n dag in kontak met 'n Switserse vriend wat noem dat sy Suid-Afrikaanse meisie pas by hom aangesluit het. Daar en dan reël die Fransman dat sy die ander *"girls"* moet ontmoet en so word ons toe almal opgekommandeer om vir Amanda [*A-mên-da*] te gaan ontmoet.

Sy was 'n Engelssprekende Suid-Afrikaner en met die intrapslag spring die manne sommer uit hulle stoele om beter te kan sien. Mensdom, dit was so goed Barbie, haarself, in persoon, het daar opgedaag: lang blonde poniestert, boobs, bene, boudjies, elke ding. Boonop het sy behoorlik geskitter soos die blinkerkwas haar sonbruinkleur verder opgehelder het. *"Bl*ksem"* hak een van die *"girls"* af en daar staan ons oopmond en staar na die verskynsel wat so pas opgedaag het.

Maar, soos die tyd aangestap het, het ons gelukkig ook die binnekant van die Barbie leer ken. Hoewel sy aanvanklik nie soveel as 'n woord in Afrikaans kon uitkry nie, het sy kort voor lank die taal gegooi en om die een of ander rede word sy, tot vandag toe, *"Skattie"* genoem.

Die lekkerste ding van Skattie is die naïwiteit waarmee sy haar flaters kon deel, veral as sy so 'n glasie of twee sterk was. Een van die kostelikste stories was toe sy vertel het hoe sy oor 'n middagete gou dorp toe was om 'n langbroek te gaan koop. Sien nou in die geestesoog vir Barbie, met die lang wapperende blonde poniestert, heel bo op die kop vasgemaak vir ekstra wip, lang slanke bene met ragfyn sykouse en hoë hakke, en 'n kort mini-rompie en styfpassende toppie aan om die vooruitstrewende bates te beklemtoon. Dit was presies hoe Skattie gelyk het toe sy daar, kop omhoog, bewus van al die starende oë, in Nyon se geplaveide wandelstraat afgestap het. Die bistros se terrasse het gewemel van die mense wat die laaste bietjie van die kwynende somerson wou geniet het.

Na die aanpassery was sy, pakkie in die hand, by die winkel uit en dit was weereens net koppe wat gedraai het. Daar was 'n hoorbare gegons, maar Skattie gee toe net haar poniestert 'n skud en stap ligvoets voort. Sy was seker so 50 meters weg, net mooi in die middel van die besige terrasse, toe die stilte deur 'n luidkeelse geroep verskeur word: "Madame ... Madaaaaaammmme."

"Wat op aarde gaan nou aan?" dink Skattie in die omdraai om te kyk waaroor die onbehoorlike geskree gegaan het. Dis toe dat haar oog op die skreeuende dame val wat iets in die lug rondwapper. Dit was inderdaad die dame van die winkel waar sy pas was. Toe die dame haar aandag het, en al die oë van die dame af opnuut in die rigting van Skattie draai, skree die dame uit volle bors terwyl sy die kledingstuk wild bo haar kop rondswaai *"Madame, you forgot your skirt!!!"*

'N WARE ONTBOESEMING

So vertel 'n eertydse vriendin my op 'n keer dat sy net mooi genoeg van haar baas se houding gehad het. Hy was aanvanklik die wonderlikste man om voor te werk, maar om die een of ander rede het die harmonie tussen hulle gewyk en sy kon letterlik voel hoe die spanning haar om haar borskas knel en om haar middellyf druk.

"So kon dit nie aangaan nie" vertel sy en dit was toe dat sy besluit het dat sy die bul by die horings sou pak, want die saak moes uitgepraat raak. Met 'n *"vandag is die dag"* het sy haarself met groot omsigtigheid voorberei vir die gesprek wat voorlê. Hoewel effe aan die knap kant, besluit sy op 'n bloesie met fraai pêrelknopies en so tussen die aantrekkery deur konsulteer sy haar griewelys net om seker te maak dat sy niks vergeet nie. Sy was reg vir hom.

Toe hy by sy kantoor instap volg sy warm op sy hakke met 'n koppie koffie in die hand. *"Sit maar neer, dankie"* sê hy sonder om op te kyk en skakel sy rekenaar aan. Dis toe waar sy wegtrek, maar sy laat waai en sy begin sommer by die eerste ding wat na haar mening die probleem begin veroorsaak het, en toe die volgende en sy voel die verligting oor haar borskas soos sy begin afpak.

"Ek moes dit lankal gedoen het" flits dit deur haar kop. Hy staar na haar met koeëlronde oë en toe laat waai sy weer, en sy ervaar 'n gevoel van vrymaking soos sy haar griewe uitpak en in die ope bring. Sy was op so 'n hoog dat dit trouens eers was toe sy mond letterlik oopgeval het, dat sy onraad begin vermoed het.

"Hy kyk toe lankal nie meer in my oë nie" vertel sy, en dis waar sy self afkyk en haar ontblote volronde boesem sien pronk. In skok dring dit tot haar deur dat daar 'n direkte verband was tussen die gevoel van vrymaking oor haar boesem en midrif en die oopglip van die pêrelknopies van die knap bloesie.

"Ek was in totale skok" vertel sy *"ek het dit hoegenaamd nie agtergekom nie."*

In 'n oomblik wat soos 'n ewigheid gevoel het, en asof totaal versteend, kyk sy op in sy totaal oorblufde gesig. Nie een van die twee kon 'n woord uitkry nie. En toe, bykans soos 'n nare droom, hoor sy hom asof uit die verte: "jinne Lize," stilte, "jy bars letterlik uit jou nate...".

HOU-MY-VAS

Moet nou net nie die fout maak om te dink liefde is net vir die jong klomp nie. Allesbehalwe! En nou praat ek nie van stuitigheid soos mens maar al te dikwels sien nie. Ek praat van 'n onverwagte laaste liefde in die goue jare wat smag na 'n geleentheid om op dreef te kom. Want eers op dreef, dan verander gouejare in glans-jare en as die oë eers begin vonkel, dan sien mens nie die ouderdom raak nie.

Dit is presies wat met ou Tannie Lenie gebeur het. Sy was vir jare getroud – kinderloos, maar baie gelukkig. Soos baie ander word sy toe ook mettertyd die langslewende. Met nóg kind, nóg kraai, was die ouetehuis haar enigste voorland in afwagting op die welverdiende hiernamaals.

Maar een ding weet ek nou vir seker, mens moet darem ook nie 'n ouetehuis vlak kyk nie; waar daar lewe is, is daar hoop. So gebeur dit dat Tante Lenie, nie lank nadat sy by die ouetehuis ingetrek het nie, in alle eerlikheid teenoor haarself moes erken dat sy met emosies worstel waarvan sy eintlik al baie jare vergeet het. Sy was dolverlief.

Die ouetehuis Oompie ook, maar nie een van die twee kon glo dat daardie gevoelens inderdaad wederkerig kon wees nie. Dit baan toe die weg tot daardie hoflike ongemaklikheid en nie een van die twee sou durf waag om 'n voetjie verkeerd te sit en die sluier oor die polsende warboel van emosies te lig nie. Maar as hulle wel mekaar se oë vang, dan warrel die emosies van die poepstring se kant af op en kom sit soos 'n droë knop in die krop en nie een van die twee kan 'n woordjie uitkry nie.

Op 'n dag gebeur dit dat 'n groepie van die inwoners gaan stap en kort voor lank was die tweetjies langs mekaar en nie een het die moed om te sê wat nou regtig gesê moet word nie. Dit is stilte, sug, stilte, sug tot Tannie Lenie skielik die verte in staar en daar sien sy 'n advertensiebord en lees toe sommer hardop wat op die bord geskryf was.

Soos blits het Oompie haar in sy arms en hy verseker haar dat daar niks op aarde was wat hy eerder sou wou doen nie. Trouens, hy wag al hoe lank daarvoor en hy druk haar teen hom vas terwyl die soene oor haar gekreukelde gesiggie reën.

"Maar wat het ek dan gesê" vra sy deur trane van geluk.

"Jy het gesê 'hou-my-vas!'" jubel hy en druk haar nóg stywer vas.

"Ek sien" sê Tannie Lenie terwyl die lagtrane oor haar wange rol. Met een arm om sy lyf punt sy toe haar krom vingertjie in die rigting van die advertiensiebord:

"ek gee gladnie om dat jy gehoor het wat jy wóú hoor nie, maar ek het eintlik maar net gelees wat op daardie bord staan: 'Homemade Fudge'!!"

VINDINGRYKE WERKWOORDE

So vertel iemand met eerstehandse kennis op 'n dag vir my van die frustrasies van 'n Engelse juffrou wat vir Afrikaanse kinders Engels moes leer. Dit was omtrent 'n opdraande stryd met geen einde aan die vindingrykheid van die klomp wat, soos gewoonlik, nie hulle huiswerk gedoen het nie.

Die juffrou was naderhand radeloos want die kinders vorder glad-nie. So worstel hulle op 'n dag saam deur die reëlmatige werkwoorde en die juffrou sê voor en die kinders bulder agterna in 'n koor wat amper soos in 'n duet van 'n soort moes geklink het:

kick	kicked	kicked
love	loved	loved
park	parked	parked ....

Tot haar groot verligting het almal toe min or meer die ritme van die reëlmatige werkwoorde opgetel en sy gaan oor na die onreël-matige werkwoorde toe. Daar gaan die koor toe weer met juffrou wat die voorsang doen:

arise	arose	arisen
begin	began	begun
eat	ate	eaten
put	put	put
skrink	shrank	shrunk ...

Selfs daar, na 'n paar herhalings, maak hulle oënskynlik vordering en sy gee hulle toe 'n lysie onreëlmatige werkwoorde om te gaan leer vir die volgende dag.

Die volgende dag was dit sommer uit die staanspoor duidelik dat die klomp skynbaar glad nie huiswerk gedoen het nie. Sy probeer die een werkwoord na die ander en toe dit uiteindelik by *"put"* kom vlieg daar 'n hand op met vingers wat klap. Verlig oor die entoesiasme gee sy vir die outjie die geleentheid om te antwoord.

Met een beweging was hy uit sy stoel, op aandag, kop omhoog, en met groot selfvertroue bulder hy die antwoord uit: *"put, pat, pot, Miss"* en plak homself met trots op sy stoel neer.

Sy staar hom in totale ongeloof aan. *"Really?"*

Soos jy sê mes was hy weer op aandag en met oortuiging kom dit uit volle bors:
"really, riley, roley, Miss!"

DIE KLONSIES

Dit amuseer my as ek sien hoe dit sommige mense verkeerd kan opklits as jy dit durf waag om na jou diere as *"jou kinders"* te verwys. Vir my is hulle en dit was trouens die herinneringe aan hulle wat my in die eerste plek na die pen laat mik het. Ek wou graag 'n kinderboek oor my klonsies se eindelose avonture skryf. My heel eerste hoofstukkie was net neergepen toe ek êrens ver in die wêreld 'n opleidingsprogram doen vergesel deur een van ons oud-Bloemregters. Ons het vir baie jare so saamgewerk en ek het gevolglik, toe ek my opgewondenheid nie verder kon onderdruk nie, die vrymoedigheid geneem om die hoofstukkie aan hom te noem. Tot my vreugde was hy heel inskiklik om die eerste storietjie te lees en ek het met opgehoue asem gewag vir sy terugvoer.

"Nou vir waarie ouderdomsgroep is hierie" vra hy.

"Wel Regter, ek het gedink dit behoort ideaal te wees vir diegene tussen vier en sewe en dat die ouers altemit die voorlees kan doen" antwoord ek.

"Dit ganie werkie."

"Maar Regter…" probeer ek nog moedig.

Met *"ek weet waarvan ek praat, ek het kleinkinners"* was die gesprek oor. Ek meen te sê, wie stry nou met so 'n Groot Meester?

Dalk was hy reg, dalk het ek die verkeerde gehoor in gedagte gehad. As sulks gaan ek nou daardie storietjie hier vertel en dan sal ek die *Facebook*'ers vir kommentaar vra.

Patch en Tinki was wat ons sommer "Maltese" genoem het. Maar

Patch was eintlik 'n *"Bichon Frise"* met 'n persoonlikheid wat absoluut niks met sy eie grootte te doen gehad het nie. Hy was al vir tien of vyftien jare van ouderdom oorlede toe vra mense my steeds hoe dit met hom gaan. Hy was 'n karakter en Tinki, sy was sommer net 'n Maltesie, kon hom net met uitsterste moeite verdra. By al sy sondes moes hy ook alewig reg teenaan haar wees en tot haar irritasie sy kop êrens op haar lyf neerplonk.

Dan was daar ook die kat. Vir een of ander rede was haar naam afgekort tot Jas. Sy was oënskynlik 'n weggooi *"Russian Blue,"* of iets soortgelyks, met 'n knakkie aan die punt van haar stert. Nugter alleen weet waar Patch aan die kat gekom het nie, want hy homself het nie sy voete buite die erf gesit sonder streng toesig nie. Tog, nadat hy die kat vir die derde keer by die huis probeer insmokkel het, het ek die handdoek ingegooi, die kat kos gegee, veearts toe gevat en toe het sy gebly. Moet nou net nie dink Patch het haar ooit laat vergeet dat sy eintik sý kat was nie. Die twee was groot maats, maar vir Tinki was daar net een mens op aarde en dit was haar ma.

So sit ek toe een oggend, nadat ek van die winkels af gekom het, in die sonkamer vir 'n vinnige teetjie met Tinki op my skoot. *"Dit is darem baie rustig"* dink ek sommer hardop terwyl ek Tinki se magie vryf. *"Nou waar is Patch"* wonder ek. Ek kyk rond, *"en die kat?"* Iets was nie reg nie.

Ek tel Tinki van my skoot af en stap voetjie vir voetjie in die rigting van die kombuis toe ek vir Patch op die vloer opmerk. Ek skuifel effentjies vorentoe en daar sit hy, starende na bowe en elke dan en wan gee hy 'n hap in die lug. *"Wat de duiwel gaan hier aan?"* wonder ek *"hy het my nie eers gehoor aankom nie."* Ek skuifel nog 'n bietjie nader en toe verstaan ek al te goed wat daar aan die gang was ...

Na my inkopies het ek alles weggepak behalwe die pakkie gekerfde biltong vir later se biltongslaai en was toe eers gou sonkamer toe. Met my op 'n veilige afstand het Patch en Jas hulle eie kattekwaad begin. Sy het ligvoetig op die kas gespring en heel saggies, ek het niks gehoor nie, die bruinpapiersakkie oopgekry en daar speel die toneeltjie toe voor my oë af: Jas sit soos 'n wafferse porseleinkat op die kombuiskas en baie elegant, met die regterpootjie, "paw" sy een stukkie biltong vir haar, een vir Patch, een vir haar, een vir Patch …

"Patch!," my stem laat hom wip van die skrik, *"waarmee is jy besig??"* En toe kyk hy om – "SKULDIG" in hoofletters oor sy voorkop geskryf.

Die deler is beslis so skuldig soos die steler!

HONDETAAL

"Nou maar watter taal praat 'n hond nou eintlik?"

"Nee man" sal een reken, *"honde praat geen tale nie, trouens hulle praat nie!"*

"Ja" stem 'n ander saam, *"in elk geval, dis nie die taal nie, dis die stemtoon wat saak maak."*

"Wat jy waa kry," vra 'n ander, *"mý hond praat Afrikaans en verstaan presies wat ek sê ongeag my stemtoon!"*

En so kan ons aangaan.

My Afrikaanse Patch en Tinki het saam getrek Switserland toe en kort voor lank was hulle geïntegreer in 'n Franssprekende landelike dorpie net buite Genève. Alles het voor die wind gegaan, maar tot my skok hoor ek op 'n dag, uit die bloute, dat Patch ingeskryf was vir 'n hondeopleidingskompetisie in ons dorpie. Die spannetjie sou bestaan uit hom en Elsa, 'n 9-jarige Franssprekende dogtertjie.

"Patch is 11 jaar oud en hy het nog nooit formele opleiding gehad nie!" het ek geprotesteer. *"Hy praat nie eers Frans nie, en buitendien, mens leer tog nie vir 'n ou hond nuwe toertjies nie!"* het ek tevergeefs gepleit.

Die kompetisie was omtrent 'n gedoente in die dorp en net mooi almal was daar om dit te ondersteun. Die braaivleisvure was reeds vroegdag aangesteek en die toeskouers het nie gedraal om met aperitief kelkies te begin nie. Dit was 'n behoorlike gekuier op die oop stuk veld wat vir die geleentheid voorberei was. Daar was 'n arena met al die hindernisse vir die kompetisie, asook wat vir my nogal na hoenderstellasies gelyk het sodat die toeskouers hulle gemaklik kon maak en goed kon sien. Daar was hoepels, kronkels, tonnels, trappe en elke ding om sonder twyfel te bepaal watter hond en meester met die kroon sou wegstap.

Na 'n geskarrel om almal ingeskryf te kry en met nommers te merk, het die spanne in a lang ry gestaan sodat die kompetisie kon begin. Arme Patch en Elsa was heel agter. Nie een van die twee het enige vorige ondervinding van kompetisies gehad nie en my hart het gebloei vir arme ou Pêtjie wat teen daardie tyd darem seker al baie lus vir 'n koekie sou wees.

Soos die kompetisie gevorder het, het my moed al hoe dieper in my skoene gesak. Daar was nie 'n enkele spannetjie wat die paal kon haal nie. Later het mens nie geweet wie nou eintlik die hond, en wie nou eintlik die meester, was nie. Wat 'n nagmêrrie! En hoe nader Elsa en Patch aan die wegspringstreep gekom het, hoe meer moes ek myself beheer om nie blooteenvoudig vir Patch te gaan haal en huistoe te vat nie.

En toe was dit uiteindelik hulle beurt. Ek merk hoe Elsa met die beampte praat en hoe sy haar hand in 'n emmertjie steek en met die uittrekslag buk sy af en gee vir Patch 'n reuk en 'n proe aan dit wat in haar hand was. En daar sien ek toe hoe daardie Patch letterlik ratte verwissel en oorslaan van kop, na maagbeheer. Maar hy trek daar weg soos 'n ou Lister kragopwekker as hy lekker spoed begin optel. En so in die hol gooi Elsa vir hom nog 'n peuselhappie en gee 'n instruksie in Frans toe hulle die eerste hindernis nader. Toe, in absolute harmonie, blaf Elsa die Franse instruksie uit en vlieg Patch oor 'n stomp, happie, onderdeur 'n gedoente, happie, trappe op, happie, glyplank af, happie, glip loshande deur 'n hoepel, happie, groot sprong oor water, happie, swenk, happie, kruip, happie, en na die laaste hindernis pyl hulle in volle vaart wenstreep toe. Daar, onder luide gejuig, geklap en 'n gefluit, sommer so in die gehol, gee Patch toe 'n swierige sprong om die laaste happie uit die lug te vang.

Nie een fout nie. Die beste tyd van die dag. Die absolute, onbe-twisbare, wenners – my Patch en Elsa. Ongelooflik, en dit alles in Frans van iemand wat nie eers sy baas was nie!

En toe weet ek, dit is nie die woorde of die stemtoon nie; die taal wat Patch die heel beste ken, ongeag waar in die wêreld hy hom-self bevind het, was die een wat deur sy maag na sy ore toe loop. En so was hy tot die dag van sy dood.

DEUGSAME VOETE
VAN KLEI

Die spreekwoord sê mos, *"oud, maar nie koud,"* en nou praat ek van sout-van-die-aarde Spreuke 31-tannies. Die eerste was tannie Kotie. Sy het 'n streep kinders deur die Groot Depressie grootgemaak en was reeds aan die verkeerde kant van 85 toe sy by die ouetehuis ingetrek het. Tot almal se groot verbasing het tannie Kotie boverwagting goed aangepas en kort voor lank was die kat uit die sak: sy was smoorverlief op 'n mede-inwoner van die ouetehuis, en die Oompie was by 'n goeie 15 jaar haar junior!

Ongelukkig, soos ons ook almal weet, is daar nie op hierdie aardbol 'n paradys sonder 'n slang nie. Tannie Kotie se "slang" het die gedaante van 'n Delila aangeneem wat ook in die ouetehuis kom intrek het; 'n aantreklike "jong" vrou in haar laat 50's.

"Nugter alleen weet wat sy daar kom maak het," het dit in die gange gegons.

Maar die skinderstories het nog nie eers gepiek nie, toe het die gebooie reeds in die Moedergemeente begin loop.

Dit was vir tannie Kotie 'n bitter pil om te sluk, maar haar onbaatsugtige 1 Korintiërs 13-liefde vir Oompie was grooter as net vir haar eie geluk en sy het grootmoediglik haar trane tot haar binnekamer beperk. Wat egter haar hart laat breek het, was dat Delila letterlik oomblikke na die wittebrood op haar polvytjies omdraai, Oompie soos 'n warm patat los en die stofstrate van hulle dorpie agterlaat as die trotse nuwe eienaar van Oompie se huis, se kar, se die en se daai. Oompie was verpletter en die stofstreep van die spogmotor het nog vars op die horison gelê toe hy aan sy gebroke hart ontkom het.

Maar soos hulle sê, onheile tref 'n familie mos nie een-een nie – hulle kom gewoonlik in drie'e. Wie sou ooit kon raai dat tannie Kotie se dogter die volgende deugsame vrou sou wees met twee stewige voete van klei? Nou praat ons van jare later – toe die dogter, tannie Berta, in haar diepgoue jare addisionele versorging moes kry. Vir haar dogter, Babsie, was daar net een plek vir dié doel en dit was by haar aan huis. Die ding het skynbaar as volg gewerk.

Babsie het 'n hartlike groot huis op die platteland gehad. Daar het sy die deure oopgegooi vir vriend en familie om in haar boheemste kunstenaarsleefstyl te deel. Vriende van alle ouderdomsgroepe het gekom en gegaan en dit het Babsie nogal 'n rukkie geneem om met 'n skok te besef dat, soos in die geval van haar Ouma Kotie, 'n listige slang homself in haar paradys kom inburger het.

Boheems of nie, elke huis het darem ook sy eie ongeskrewe reëls en dit was dan juis 'n skryende oortreding van 'n handvol van diesulke reëls, deur 'n vriend van haar eie portuur, wat Babsie se bloed laat kook het. *"Nou wat is die Adoons, in sy 40's, so dusdanig met haar Ma"* wonder Babsie. Tannie Berta se gegiggel soos 'n bakvissie met 'n telefoon wat nie vir een oomblik ophou vibreer nie kon sy nie vir 'n verdere oomblik verduur nie! Sy gaan hulle vastrek.

So kom Adoons toe niksvermoedend daar aan en met die intrapslag vra Babsie uit die bloute: *"presies wat gaan tussen jou en my ma aan?"* Totaal verbysterd kry hy darem 'n *"niks nie, hoekom vra jy,"* uit.

Dit is toe waar Babsie haar eie telefoon in die lug voor sy neus rondswaai en deur geperste lippe sê sy *"wel, dit is NIE wat ek op hierdie foon sien nie."* En daar kom Ta toe met die hele sak patats voorendag.

Daar en dan besluit Babsie om haar tannie Esther vir raad te kontak. Sy het skynbaar nog skaars begin om die feite te deel, toe trek tannie Esther weg teenoor haar wie Babsie is met wat beste beskryf kan word as 'n "heilige woede." Hoe dúrf sy haar ma niks gun nie? Hoe dúrf sy haar ma soos kind behandel? Hoe dúrf sy die en hoe dúrf sy daai?

Sonder die nodige krag vir 'n verdere fiasko het Babsie toe maar voorgegee asof die hele episode nooit plaasgevind het nie en so-by-so was Adoons se naam ook nooit weer in haar huis genoem nie.

Dit was juis die teraardebestelling van tannie Berta wat ons na die laaste stel voete van klei neem. As die oorblywende van die vorige geslag, het die familie versoek dat tannie Esther 'n boodskappie aan die familie moes lewer tydens die seremonie. Met die dat tannie Esther self al in haar tagtigs was, het niemand 'n wenkbrou gelig toe sy noem dat Johannes, 'n volle twintig jaar haar junior, haar sou aanry vir die begrafnis nie. Die familie wou nog slaapplek aanbied, maar tannie Esther het haar voet neergesit en volstaan dat hulle niemand gaan verontrief om twee kamers voor te berei nie. In elk geval, soos wat sy verstaan het, het Johannes reeds die nodige slaapreëlings getref.

Na Tannie Esther se inspirerende boodskap van geloof, hoop en bowenal liefde, tydens die begrafnis, het dinge by Babsie toe maar weer aangegaan soos voorheen; die vriende het gekom en gegaan en almal het gekuier en geverf. Dit was gevolglik nie te lank voordat ou Buksie ook daar opdaag met sy verf en doeke nie. Vir Babsie het hy laas met die begrafnis gesien en hy wou darem self hoor hoe dit met haar gegaan het. Sy gastehuis was heel stil en hy kon rustig vir 'n kuiertjie wegglip.

Dit was nie lank nie, toe gaan die gesprek terug na die teraardebestelling van Tannie Berta en die besielende boodskap aldaar gelewer deur tannie Esther. En so verf-verf vra Buksie *en hoe gaan dit nou met jou tannie Esther en haar man?*" Babsie kon haar eie ore nie glo nie.

"WAT???" bulder sy, "*en hoekom op aarde dink jy Johannes is haar man?*"!!

"O" sê Buksie, "*wel.. huh ... tydens die begrafnis het hulle in my gastehuis oornag en dit was hoe hulle daar ingeboek was.*"

VER VERBY DIE OORKANTSTE OEWER

Soos mens ouer word neig jy onverwags terug na daardie eerste leeringe en gepaardgaande onbeantwoorde vrae wat jy reeds vanaf Sondagskooldae in jou binneste ronddra. En soos die dood 'n tasbare werklikheid in jou binnekring word, raak sekere basiese vrae skielik baie belangrik. *"Waar gaan ons heen as ons sending hier agter die rug is"* is juis een daarvan. En as jy die dag 'n oomblikkie neem om na te dink, dan is dit juis hierdie vraag wat manifesteer soos die alomteenwoordige bose in N.P. van Wyk Louw se *Balade van die Bose: "[K]en jy my nou? Het jy die spieël gesien en ken jy jou?"*

Die Bybel praat van *"verheerlikte liggame"* wat iewers op ons wag. Nou moet ek seker versigtig wees met die gebruik van die woord *"ons,"* want as ek reg onthou meen *"ons"* in hierdie konteks net sekeres onder ons – die regverdiges. Nog 'n woord waaroor ek onverwags struikel – presies hoe regverdig moet mens wees om te kwalifiseer as 'n regverdige? En kan ek nie help om te wonder nie, kry mens altemit grade van regverdigheid? Ek meen, as almal wat *"regverdig"* is 'n *"verheerlikte liggaam"* kry, dan kan ek myself net indink dat die grootste hoeveelheid onder ons vir beswaarlik meer as die intreevlak van regverdigheid sal kwalifiseer. Kyk maar na die sondaar aan die kruis. Dit krap darem 'n bietjie dat hy in 'n japtrap so witgewas soos die dissipels was, nie waar nie? Dink ook aan die wyse woorde van Voltaire van ouds oor proporsionalitiet in strafoplegging. As ek reg onthou het hy gesê dat as die doodstraf opgelê word vir wanneer jy steel, ongeag hoeveel jy steel, dan sal dit menslik wees om so veel as moontlik te steel; jy sal dalk selfs moor om te verhoed dat jy uitgevang word.

Terug by die *"verheerlikte liggame"* moet ek bieg dat, getrou aan my aard, ek heelwat gemakliker sal wees as die konsep allereers behoorlik gedefiniëer word. Met die intik van die woorde het Google bykans oorreageer toe ek die soek knoppie druk. Genade, nie net weet ek nou ons praat van Paulus se woorde in 1 Korinthiërs 15 nie, ek besef ook dat menige kenners reeds hierdie terrein betree het. Hoewel hulle geskrifte my nie eintlik help om te verstaan wat hierdie *"spesiale"* of *"verheerlikte"* liggame gaan wees nie, kon ek ten minste met sekerheid vasstel dat niemand werklik weet wat dit gaan behels nie, maar die punt van eenstemmigheid was dat verheerlikte liggame *"gaan wonderlik en anders wees."* Nou ja, ek is dus weer waar ek was en sal nou op my vrugbare verbeelding moet staatmaak om sin van die spulletjie te maak.

Ek moet sê, ek vind dit baie moeilik om aan verheerlikte liggame te dink sonder om in dieselfde asem aan vlerke te dink. Hierdie twee konsepte behoort beslis vir my in dieselfde sin. Maar die woorde *"vlerke"* en *"vlieg"* het verbysterende interpretasie-moontlikhede. Ek meen, vlieë het vlerke. Miskewers ook. En dan is ons nog gladnie eers by voëls nie, en van hulle is daar derduisende soorte. Almal vlieg – miskien nie almal ewe ver, hoog of lank nie, maar vlieg vlieg hulle. Ek wonder of ek nou nie so stil-stil begin nader beweeg aan die vergoedingspakkette vir die verskillende grade van regverdigheid nie. Soms is die antwoord mos so na aan mens dat jy bykans oor hom val en dit terwyl jy op die horison rondstaar om hom te vind.

In pas met die Grootheid se genade, en in die lig van die feit dat niemand hier op aarde van beter weet nie, wonder ek of ons nie maar moet aanvaar dat almal van ons eendag gaan vlieg nie.

Daar sal diegene wees wat nie die regverdigheidspaal gaan haal nie, en hoewel toegerus met vlerke, sal hulle maar soos kraaie moet rondhop om wurms uit die grond getrek te kry. Dis net reg so, want in hierdie lewe het hulle waarskynlik hoogtes bereik deur die gebruik van ander mense se vlerke. In daardie kategorie sal ons dan ook sekere kennisse herken in die gedaantes van miskewers, torre, gormanjorre en springkane.

Vir diegene wat wel in die regverdige tou staan, al is dit op die intreevlak, kan mens dalk dink aan raakpunte met die groep waartoe ander **vlieënde** insekte behoort.

Die volgende groot groep gaan altemit *Little Brown Jobs* wees, met 'n hupstootjie behoort ek ook daar te kom, hoewel ek eerder 'n papegaai van 'n soort sou wou wees; liefs sonder 'n goue hok want ek het hom reeds vir n goeie 60 jaar gehad.

Al ooit gewonder waarom daar soveel duiwe is? Wel, dit is die volgende groep, en so sal hulle *"ek is m'sies Kookoo, ek is m'sies Kookoo"* koer tot in lengte van dae.

En dan is daar natuurlik nog die roofvoëls, die swane en die pelikane ...